머물렀던 순간들

머물렀던 순간들

지은이 _ 배해주

초판 발행 _ 2014년 5월 15일

펴낸곳 _ 수필미학사
펴낸이 _ 신중현

등록번호 _ 제25100-2013-000025호
등록일자 _ 2013. 9. 2.

대구광역시 달서구 문화회관11안길 22-1(장동) 출판산업단지 9B 7L
전화 _ (053) 554-3431, 3432   팩시밀리 _ (053) 554-3433
홈페이지 _ http://www.학이사.kr
이메일 _ hes3431@naver.com

ISBN _ 979-11-85616-12-4 03810

머물렀던 순간들

배해주 수필집

수필미학사

35년 직장생활의 끝자락에 삶의 조각을 모았다. 글을 쓰기 시작하면서 어떻게 하면 맛있는 글을 쓸 수 있을까? 부질없는 고민을 했었다. 글은 비비고 다듬어서 만들어지는 것이 아니다. 가슴으로 글을 써야만 제대로 된 글임을 뒤늦게 깨달았다. 글에는 깊이도 부족하고 수려하지도 못하다. 하지만 글쟁이가 직업이 아닌 독자들에게 행여 공감을 줄 수 있었으면 하는 작은 바람으로 시작하였다.

캄캄한 밤길을 걸을 때 북쪽으로 가려면 북극성을 보고 걸어야 길을 잃지 않고 제대로 갈 수 있다. 하지만 북극성을 정확히 보지 못하고 반짝이는 여러 별에 힐끗힐끗 눈길을 주며 어두운 길을 걸었다는 반증이 글 여러 모퉁이에 묻어 있다. 그러나 수필이란 별을 보고 어두운 밤을 탈출하기 위한 작은 번민을 글 속에 녹이고자 노력했다.

글 속에는 조각가 '피그말리온'이 자신의 작품과 사랑에 빠진 것 같은 몰입도 부족하다. 그리고 '나르시스'가 물에 비친 자신의 모습에 반하여 물속에 들어갔다가 익사하고 그 자리에 수선화가 피었다는 신화 같은 자기애도 모자란다. 그러기에 글이 어쩌면 허공을 향해 쓴 것인지도 모른다. 그렇지만 짧은 기간 글을 가까이 하면서 앞만 보고 걸었던 자신을 한번 뒤돌아 볼 수 있는 기회가 되리라 믿는다. 그리고 조금이라도 삶의 방향을 바꾸어 보려는 고뇌와 긍정의 모티브를 남기고 싶었다면 너무 거창한 변명일까? 하지만 분명한 것은 병아리 같은 봄볕에 설레고 가을 낙엽에도 희망을 읽는 마음의 눈을 얻었다는 것이다. 덤으로 작은 꿈에 즐거웠고 행복했었다.

  머물렀던 순간들은 찬바람 부는 들녘이고, 높은 언덕이며, 작은 행복도 머물렀던 시간이었다. 그런 나무 곁에서 그림자가 되어주고 매일 처음처럼 새벽을 열어주며 뒷바라지해 준 아내에게 무뚝뚝한 경상도 사나이가 사랑한다는 말과 열심히 살아가는 딸에게도 고마움을 전한다. 끝으로 수필집 발간에 노고해 준 출판사 관계자에게 감사드린다.

2014년 5월

靑山 배 해 주

■ 차례

2부 _ 녹음에 안기다

3부 _ 계절을 거두며

4부 _ 하얀 겨울 속에서

1부
새싹을
그리며

3월의 수목원

수목원을 걷고 있는 내 앞에 아직 동면에 잠긴 나무는
낙엽과 깊은 밀어에 빠져 있고,
봄을 그리워하는 산수유와 매실나무는 마음을 가지 끝에 매달고
3월 초의 석양을 받으며 하늘에다 봄을 그려 본다.

남녘에서 들려오는 봄소식을 시기라도 하듯 겨울이 한 번씩 꽃샘바람으로 해코지를 하는 3월초 오후다. 사람이 버린 쓰레기를 모아둔 곳에 흙을 덮어 새롭게 환생시킨 곳이 있다. 바로 대구 달서구에 위치한 수목원이다. 오늘은 회색의 움츠렸던 겨울을 보내고 그리운 님을 만나듯 희미한 봄의 맛을 찾아 수목원에 들렀다.

삼동을 견디려고 머리와 팔을 자르고 동안거에 들어갔던 수양버들 군락지가 해제일을 앞두고 수목원 초입에 꿋꿋하게 서 있다. 거미줄처럼 연결된 산책로에는 유모차를 밀며 여유를 즐기는 젊은 아주머니와 두 손을 잡고 걷는 노부부의 모습이 석양의

햇살과 어우러져 한 폭의 그림이다. 그들 곁으로 늠름하고 의연한 기상을 가진 춘양목, 돌단풍, 느티나무, 오리나무는 아직 달콤한 동면에 빠져있다. 흰 껍데기를 드러낸 가지 끝으로 노란 눈망울을 틔우려는 산수유, 하얗게 복스러운 강아지풀과 잠에서 갓 깨어난 매실이 봄을 마중할 채비로 분주하다.

산골짜기 수목원, 어깨를 맞댄 나무들 모습 속에 우리 삶의 모습들이 오롯이 담겨 있다. 똑같은 햇빛을 맞고 바람과 물을 같이 나누는데 계절을 보내고 맞는 기운은 각각 다르다. 굴참나무에서부터 서어나무 등 활엽수는 아직 긴 겨울잠에 빠져 있는가 하면, 산수유와 매실은 창문 밖에 서성이는 봄이 그리운지 빼꼼히 고개를 내밀고 있다. 겨울에도 푸름을 잃지 않았던 금강송과 반송은 표정이 없어 겨울 속에 빠져 있는지 봄을 맞을 준비를 하고 있는지 깊은 심사를 알 길이 없다. 같은 시간과 장소에서 수많은 사람들이 비슷한 환경 속에 살아가지만 행복해하는 사람이 있는가 하면, 똑같은 조건에서 삶이 힘겨운 짐이 되는 사람들도 있다. 그리고 기쁨과 즐거움이 있어도 내색조차 하지 않는 사람이 있다. 3월초 수목원이 이렇게 인간사를 펼쳐 놓은 듯하다. 말 없이 그리고 움직이지 못하지만 한곳에서 뿌리를 내리고 의연히 자신의 운명에 순응하며 꿋꿋하게 살아가는 착한 나무들을 본다. 추위에 유별나게 나약한 내가 겪은 고통과 비교조차 되지 않는 지난 삼동의 풍상을 저들도 겪었으리라. 그러기에 기다리는 봄이 어찌 내가 바라는 봄보다 더 그립지 않으랴. 수목원 골짜기에 삶의 지혜가 가득한데 배움이 서툰 내가 밉기만 하다.

세상만사 자기가 생각하고 마음먹은 대로 보인다는 옛말이 생각난다. 돼지 눈으로 세상을 보면 세상이 돼지로 보이고 부처님의 눈으로 세상을 보면 온 천지가 부처로 보인다는 것이다. 그 말을 한 무학 스님의 말씀이 괜한 말이 아니었음을 뒤늦게 지각한 나의 무지함이 더디 오는 계절보다 더 미워진다. 수목원을 걷고 있는 내 앞에 아직 동면에 잠긴 나무는 낙엽과 깊은 밀어 속에 빠져 있고, 봄을 그리워하는 산수유와 매실나무는 마음을 가지 끝에 매달고 3월 초의 석양을 받으며 하늘에다 봄을 그려 본다. 이곳 수목원이 바로 인생이다. 세상에는 늘 행복하게 사는 사람과 스스로 불행하다고 느끼며 살아가는 사람이 있는 반면 행복도 불행도 느끼지 못하며 살아가는 사람도 있다. 행복해하는 사람 곁에는 작은 눈덩이도 굴리면 자꾸 커지듯 행복의 덩어리가 커지고, 스스로 불행하다고 여기는 사람에게는 불행이 그림자를 쉽게 거두어가지 않는다. 행복도 불행도 느끼지 못하는 사람은 그저 의미 없는 나날을 이어가고 있을 뿐이다. 고요한 숲 속, 다양한 수목들의 여린 삶 속에 나는 잠시 봄을 꿈꾸는 행복에 홀로 젖는다.

하늘에 달이 있어도 달을 감싸 안을 가슴이 없으면 그 하늘이 공허하다. 봄을 담을 가슴을 준비하지 않은 채 덜렁 봄을 맞으러 수목원에 왔다가 떠나지 못하고 머뭇거리는 겨울을 담아야만 하는 아쉬움, 질긴 계절의 인연이 미울 뿐이다. 봄을 느끼지 못하는 삭막한 내 마음 틈새로 수목원의 인부들은 구석구석 흩어진 겨울 조각을 쓸어 담고 삽과 괭이로는 정돈된 수목원 이곳저곳에 오지 않은 봄을 캐고 있다. 이리저리 둘러봐도 수목원 골짜기에 완연한 봄기운은 없고 살며시 찾아올 봄을 기다리는 기도에 빠져 있을 뿐이다. 고개를 들어 하늘 위로 봄의 흔적을 더듬는다. 남쪽 멀리 비슬산과 동쪽의 대덕산 봉오리 위로 봄기운이 안개처럼 스멀스멀 피어나는 듯하다. 봄은 내 발 아래가 아닌 저 멀리 산에서, 들에서, 바람으로 빛깔로 때로는 소리로 존재의 의미를 알리고 있다. 춘래불사춘春來不似春의 수목원에서 봄을 담지 못하는 아쉬움을 애써 누르며 발길을 돌리는데, 메마른 느티나뭇가지를 흔드는 미풍이 시선을 고정시킨다. 작은 딱따구리 한 마리가 폴싹폴싹 나뭇가지를 옮겨 다니며 부리로 나무 껍데기 속의 봄을 쫓고 있다. 다닥 따닥 다닥.

목련의 언어

꽃은 때로는 종교보다 신성하고 아름답다.
늘 그 자리에서 아름다운 색깔,
향기와 언어로, 때로는,
만개와 낙화를 통해 고매한 화어를 토해내고 있다.

돌아서기 싫어 몸부림치던 겨울이 봄의 채근에 긴 이별을 고하는 4월 어느 날 아침이다. 3층 사무실에서 내려다보이는 전정前庭에 봄의 전령사 목련이 봄비에 귓불을 적신 채로 초춘을 맞고 있다.

언제 누가 심었는지 알 수 없지만 두 그루의 백목련이 몇 걸음을 사이에 두고 어깨를 나란히 자태를 뽐낸다. 자세히 보니 위쪽의 목련은 3일 전에 함빡 웃음을 웃더니 언제 그랬느냐는 듯이 오늘은 풀이 죽어 있다. 그리고 세상 밖으로 고개를 내미는 것이 몹시 힘겹던 아래쪽 목련은 빗속에서도 활짝 웃으며 세상을 하얀 가슴으로 품어 안는다. 목련의 짧은 개화 속에 인간의 단면이 숨어 있다. 우리네 인간사 오십보백보임을 목련이 묵언으로 말해주고 있다. 하루살이는 내일이 없어도 주어진 오늘에 최선을 다하고, 매미는 다음 주를 기약할 수 없음에도 목청을 높여 생을 예찬한다. 목련 또한 다음 달이 없음을 알면서도 낮에는 햇빛에 감사해 하고, 밤이면 달빛과 별빛을 친구 삼았다. 그리고 춘숙春熟의 소리가 들릴 즈음이면 낙화의 길을 주저하지 않는다.

세상에 아름답지 않은 꽃이 어디 있으랴마는, 저마다 미모와 의미가 다르다. 개나리와 옥잠화는 새잎이 돋아나도 꽃은 안간힘을 쓰며 흉하게 매달려 있고, 목련과 벚꽃은 꽃을 피울 때는 어느 꽃도 따를 수 없는 화사함이 있으나 질 때가 되면 화왕의 관을 미련 없이 내려놓는다. 매화는 반개했을 때가 가장 아름답고, 벚꽃은 만개했을 때 더 아름답다. 가까이에서 가장 아름답게 보이는 꽃은 이화이고, 멀리서 보면 아름답게 보이는 꽃이 도화이다. 똑같은 꽃이라도 바라보는 거리와 시각에 따라 달리 보인다. 인간사도 별반 다르지 않을 것이다.

새잎이 나오기 전에 미련 없이 꽃잎을 버리는 벚꽃과 목련은 어떤 자리에 내가 아니면 안 된다는 아집의 틀에서 벗어나라는 외침이다. 푸른 잎이 돋아도 꽃이 시름시름 매달려 있는 옥잠화는 있어야 할 자리 없어야 할 자리를 구분하지 못하고 분수를 모르는 망나니에게 조신하라는 타이름이 내재되어 있다. 이화는 속내를 모를 때는 시기하고 질투를 했는데 알고 보니 심성이 착한 흥부였으리라. 그리고 멀리서 보면 다정다감해 보이고 잘 어울리는데도 알고 보면 모래알처럼 서로 섞이지 못하는 것이 도화이리라. 화려한 꽃은 쉬이 시들고 소박한 꽃이 오래 피어 있다. 그것은 자연의 이치이고 우주의 섭리이다. 우리네 삶도 꽃과 같거늘 나는 어느 꽃일까? 꽃이 아름답게 보이는 것은 그 꽃을 피우기 위해 온몸으로 애써온 인고의 결과이며 꽃을 바라보는 사람의 마음이 아름답기 때문이다.

3일 전 똑같은 자리에 두 그루의 목련 중 위쪽의 목련이 조금 이르게 개화했던 것은 건물이 바람을 막아 주고 햇볕을 조금 빨리 받았다는 나름의 이유가 있었다. 바람막이가 없고 햇빛 받음이 늦은 아래쪽 목련이 힘겨워해도 오늘 하얀 나신을 보이고 화관을 쓴 것은 바삐 서둘기만 하는 현대인에게 때로는 늦춤도 필요하다는 무언의 충고이리라. 옆에 있는 동료, 가까이 있는 이웃, 멀리 있는 친인척 모두가 내게는 큰 의미가 없어 보였다. 하지만 드러나지 않게 대지와 햇볕이 되고 바람막이가 되어 자연의 작은 질서 안에서 나를 세우고 꽃을 피우게 하는 것이다. 이슬비 내리는 아침에 화관을 벗는 위쪽의 목련을 보니 "꽃이 지기로서니 바람을 탓하랴. 꽃 지는 아침은 울고 싶어라."라는 조지훈님의 낙화落花의 구절이 떠올라 애틋함이 더해 온다.

나는 시골에서 자란 탓에 꽃에 대한 개념이 없다. 그저 소〔牛〕
풀이나 잡초로만 보아 왔던 것이 사실이다. 물론 먹고 살아야
함이 삶의 전부였던 시대의 아픈 그늘 때문이라는 이유 같지 않
은 이유를 댈 수도 있겠지만, 세월의 길동무가 되어 걸어온 시
간이 조금씩 더해 갈수록 꽃의 언어 중 ABC는 알 것 같기는 하
나, 해어인解語人이 되기는 아득하다. 아니 영원히 불가능할지도
모른다.

화원 속의 꽃이나 화병에 담긴 꽃에게는 쉽게 마음이 가지 않
는다. 같은 꽃인데도 땅에 뿌리를 내리고 대지의 젖을 먹는 꽃들
에게는 힐끔힐끔 눈길을 준다. 그리고 간혹, 산속이나 물가에 핀
이름 모를 꽃들에게 유독 정이 가는 것은 무엇 때문일까? 조금
더 시간이 흐른 뒤에는 그들의 속내를 둘만의 언어로 소통하는
해어화解語花와 해어인解語人이 되고 싶다.

깊은 산속에서 보아 주는 이 없어도 생강꽃, 복수초, 노루귀,
큰괭이밥이 외롭게 꽃을 피운다. 화향백리花香百里라 했던가? 상
큼한 꽃내음을 바람에 실어 어딘가로 화신花信을 전할 것이다.
한편 고독한 길가, 소금바람 부는 척박한 땅에서도 숱한 야생화

가 봄이란 언덕에 어깨를 기댄 채 민얼굴의 수줍은 꽃망울을 피워 올리리라.

꽃은 때로는 종교보다 신성하고 아름답다. 늘 그 자리에서 아름다운 색깔, 향기와 언어로, 때로는 만개와 낙화를 통해 고매한 화어를 토해낸다. 삼동의 삭풍에도 묵묵히 견디며 기다렸다가 병아리 같은 봄빛에 만족해하는 목련! 창밖에 내리는 봄비와 함께 순백의 묵언黙言으로 내 볼을 타고 내린다.

테트라포드

차가운 물속에 잠긴 테트라포드의 몸속에는 고독한 DNA가 흐르고 있다.
밤과 낮 타인의 시선에 아랑곳하지 않고 철석거리는 파도를 친구로 삼았다.
동료와는 몸을 섞어야만 생존할 수 있다는
거필택린居必擇隣 의미를 일찍 지득한 모양이다.

수욕정이풍부지樹欲靜而風不止라고 했던가? 나무가 조용히 있고
자 하나 바람이 그냥두지 않는다. 내 눈앞의 바다에도, 파도가
그냥 있으려 하지만 바람이 잠시도 그냥 두지 않는다. 파도는 자
신의 의사와 관계없이 바람의 기분에 따라 아바타가 되어 춤을
춘다. 파도가 바람을 탓하지 않는 것은 바다에서 배운 관용 때문
이라고 봄바람이 일러 준다. 밤새 봄비가 촉촉이 내린 3월 중순
오후, 비릿한 바다 내음이 상큼하고, 수평선이 선명한 영일만항
방파제 위를 걷고 있다. 방파제 옆으로는 창세기 혼돈 속에 코스
모스를 보듯이 부조화 속에서도 정형화된 테트라포드가 넓은 바
다를 향해 의연하게 서 있다.

무질서하게 놓여 있는 것 같은 테트라포드의 속내를 들여다본다. 똑같은 사람이지만 자세히 들여다보면 생김새가 각각 다르듯이 테트라포드도 같은 모양이지만 크기가 조금씩 다름을 알 수 있다. 방파제 가까이에는 큰 것이 포진해 있고 바닷물을 접한 곳일수록 크기가 작다. 테트라포드는 네 개의 발을 가진 콘크리트 구조물을 지칭하는 용어이지만 얼핏 보면 삼각형의 시멘트 구조물처럼 보인다. 그래서 바닷가 사람들은 이를 '삼발이'라고 부르기도 한다. 바다가 깊을수록 물위로 보이는 것보다 물밑에 잠긴 테트라포드가 훨씬 더 많다. 주변에도 겉으로 보기에 모두 행복해 보이지만 속내를 보면 어려운 이들이 더 많듯이. 물에 잠긴 테트라포드는 봄을 기다리는 설렘 때문일까? 파란 봄옷으로 치장을 하고 있다.

테트라포드가 감싸주는 방파제 위로는 강태공들이 쌀쌀한 바닷바람에 두꺼운 옷으로 중무장을 하고 더디 오는 봄을 낚고 있다. 멀리 바다를 향해 시선을 고정한 채 월척에는 아랑곳하지 않고 시간을 낚으며 무아지경에 빠져있다. 그 모습은 붓을 들면 한 폭의 그림이 되고, 셔터를 누르면 한 장의 멋진 스냅이 될 것이다. 청춘남녀는 해풍에 머리를 맡긴 채 사랑의 밀어를 바다 위에 풀어낸다. 둘은 추락을 이유로 한껏 몸을 밀착시킨 채 방파제 위를 걷고, 그 걸음 위로 낮달이 빼꼼히 고개를 내민다. 낚시꾼과

연인들, 봄 바다를 걷고 있는 모두가 테트라포드의 고마움을 잊은 채 방파제 위에서 잊지 못할 추억을 그려간다.

차가운 물속에 잠긴 테트라포드의 몸속에는 고독한 DNA가 흐르고 있다. 밤과 낮 타인의 시선에 아랑곳하지 않고 철석거리는 파도를 친구로 삼았다. 동료와는 몸을 섞어야만 생존할 수 있다는 거필택린居必擇隣의 의미를 일찍 지득한 모양이다. 평소에는 넉넉한 인정으로 파도와 관포지교의 정을 나누지만, 바람이 파도를 앞세워 화를 내면 친구에서 갑자기 무서운 적이 되기도 한다. 그럴 때는 친구인 파도와 싸워야 하는 아픔을 감내하기도 한다. 주어진 일 때문에 때로는 친구와 맞서야 하는 것이 인간사와 그리 다르지 않으나 그의 몸속에는 인내하는 고행자의 피가 흐르고 있다.

테트라포드는 타인을 위해 살아가는 것이 존재 이유임을 알고 있는 듯하다. 세상에는 자신만을 위해 살아가는 사람, 자신과 상대를 배려하며 살아가는 사람이 있는가 하면, 자신의 모든 것을 버리고 타인을 위해 살아가는 사람이 있다. 자신을 버리는 사람, 그가 바로 공자님이 말씀하신 성현이 아닐까? 해안을 보호해야 할 곳에는 반드시 성현 같은 파수꾼, 테트라포드가 버티고 서 있다. 가혹한 선택의 강요가 아니라 스스로 선택한 길이라고 믿는다. 자신을 아끼지 않는 숭고한 희생 본능은 까마득한 과거로부터 지득한 존재의 이유이고, 그 이유를 한 치의 착오 없이 이행하는 수도자의 길을 묵묵히 가고 있다.

파도는 바람을 거스르지 않고 바람은 파도에 쉬어가기도 하며 서로에게 의지한다. 바람은 마음을 부러워한다는 장자의 풍련심風憐心을 익히 배웠나 보다. 그런 바람과 파도의 곁에서 방파제를 지키는 테트라포드의 모습이 숭고하기까지 하다. 저 멀리 동해 바다 위로 그림 같은 배들이 떠있고 하늘이 바다 위로 내려앉았다. 한줄기 바람이 영일만항을 품을 때면 소곤대는 파도의 이야기가 들리는 듯하다. 파도에게도 테트라포드의 한없는 너그러움이 이야깃거리가 된다. 갈매기도 내력이 궁금했을까? 부는 바람에 몸을 맡긴 채 귀를 쫑긋거린다.

포개진 테트라포드 사이로 바다를 보면 하늘보다 바다가 크고, 하늘을 보면 바다보다 하늘이 크다. 세상사 무엇을 보느냐가 얼마나 소중한 것인가? 바다 위에 보이는 것보다 훨씬 더 많은 테트라포드가 차가운 물속에서 서로를 감싸 안고 맡은 소임에 충실하다. 누군가를 위해 온몸을 던져 봉사하는 해량한 마음이 바로 테트라포드가 주는 교훈의 백미이리라. 끼룩거리는 갈매기 울음소리 따라 철썩철썩 파도가 장단을 맞추고 영일만항 방파제가 가슴을 벌리면 긴 항해를 마친 배들은 그 품에서 편이 쉬리라.

바다가 깊어 육지가 생겼는지 땅이 높아 바다가 생겼는지. 우주의 아득한 진리는 알 길이 없고, 나는 깊이를 알 수 없는 바다 위에 테트라포드를 포개며 생각에 잠긴다. 테트라포드의 숭고한 내면을 알고 나면 화가는 붓을 던지고 시인도 할 말을 잃지 않을까? 손등을 간질이는 파도와의 짧은 행복이 지나면, 멀리 외항에서 높은 너울이 춤을 춘다. 파수꾼은 긴장한다. 철석거리는 파도소리! 테트라포드는 본능적으로 큰 파도임을 예감한다. 잠시 아주 잠깐 세상의 시간이 멈춰 버린 것 같다. 테트라포드도 숨을 죽인다. 이렇듯 평온과 긴장을 반복하지만 아무런 불평 없이 방파제를 넓은 가슴으로 보듬어 안는다. 말없이 방파제를 품어 안은 테트라포드는 해안을 지키고, 나는 소리 없는 그로부터 깊은 배움을 얻는다. 배움은 사람에게만 있는 것이 아니었나 보다. 파도도 같은 생각이라며 화답을 해온다. 철썩~철썩.

* 테트라포드(tetrapod) : 해안을 보호하기 위해 만들어진 네 다리가
있는 호안용(護岸用) 콘크리트 구조물

연꽃 밭에서

세수하지 않은 민얼굴인데도 12살의 청순함이 묻어나는 백연白蓮과 순수가
깃든 곱디고운 구중궁궐의 어여쁜 공주 같은 자연紫蓮이 빗속에서
나름의 자태를 뽐낸다. 진종일 비를 맞았기 때문일까?
파르르 연잎이 떤다. 그 떨림에 나도 잠시 숨을 멈춘다.

추적추적 내리는 비가 오늘따라 달다. 내 마음 밭에도 그 비로 해갈을 꿈꾼다. 연일 뜨거움과 갈증으로 달구어진 대지 위로 장마란 배가 닻을 올린, 8월 토요일 오후이다. 나는 눈밭의 강아지 마냥 좋아서 우산을 받쳐들고 동네 주변에 있는 운암지 연밭 주위를 걷는다. 길가 풀숲에는 평소 울지 않던 이름 모를 벌레들의 합창이 이채롭다. 그간 소식이 없었던 비의 사연에 그리움을 담은 콧노래처럼 들린다. 골짜기 초입을 지나 자리잡은 500여 평의 아담한 연밭은 이곳을 찾는 사람들의 마음을 정화시키는 진흙 속의 진주이다.

세수하지 않은 민얼굴인데도 12살의 청순함이 묻어나는 백연

白蓮과 순수가 깃든 곱디고운 구중궁궐의 어여쁜 공주 같은 자연 紫蓮이 빗속에서 나름의 자태를 뽐낸다. 진종일 비를 맞았기 때문일까? 파르르 연잎이 떤다. 그 떨림에 나도 잠시 숨을 멈춘다. 동공의 조리개를 당겨 연꽃 가까이 다가서 본다. 만개했던 연꽃은 빗속에 잠시 고개를 숙이고, 어린 연꽃은 빗속에서도 머리를 꼿꼿이 세운 채 비와 맞서고 있다. 연꽃이 꼭 우리네 삶을 닮았다. 연륜이 깊어질수록 고난이 찾아오면 잠시 숨을 돌린 후 다시 일어서는 지혜가 있고, 혈기 왕성한 젊은이는 무엇이든 물불 가리지 않고 부딪혀 보는 패기가 연꽃 속에 숨어있다.

나는 우산을 받쳐들고 연밭의 소리 없는 침묵에 잠겨 그들의 참생각과 행동을 들여다본다. 연꽃에는 동료애가 있다. 나만 혼자 살겠다는 아집과 독선을 찾을 수가 없다. 주위에서 꽃을 피우면 자신도 같이 피고, 질 때가 되면 같이 지려는 본성이 있을 뿐, 일찍 피고 조금 늦음에 대해서는 우쭐함도 없고 기죽음도 없다. 그리고 보다 초연한 것은 잎과 꽃을 떨구어야 할 滅의 시간이 다가와도 미련을 가지지 않은 채 행복해한다. 그것은 서로 어깨를 기대어 어떤 고난도 같이 하겠다는 약속을 몸으로 보여주고, 잎 속에는 친구가 울면 같이 울어줄 수 있다는 다짐이 빼곡히 쓰여 있다.

연잎에는 무욕의 실천함이 있다. 하늘에서 황금이 소낙비처럼 쏟아져도 우리네 욕망은 끝이 없으나 연잎은 욕망으로부터 선을 긋는다. 가슴을 벌리고 필요한 만큼만 안는다. 그러나 그것도 잠시다. 몇 방울의 흔적만을 남긴 채 고개를 숙이며 아래 연잎으로 모든 것을 쏟아 준다. 아래 연잎도 위의 연잎을 쏙 빼어 닮았다. 잠시 황금을 품었다가는 세상에서 가장 낮은 물에게로 황금을 내려주는 것이 필연 부처님의 천성을 닮은 것 같다. 그래서 연꽃이 불화가 된 것이 아닐까? 이 시대의 선지식인 법정스님도 연잎에서 배운 지혜로 무소유란 최고를 화두를 남긴 것이리라.

빗속의 연잎을 보니 어릴 적 기억이 새롭다. 강변에서 소 풀을 먹이다가 서쪽 하늘의 먹구름으로부터 신호가 올 즈음이면 섬광이 번뜩이고 세상을 삼킬 것 같은 천둥소리가 끝나기도 전에 소낙비가 먼저 뿌려진다. 그러면 잎이 큰 아주까리 줄기를 뜯어 우산처럼 머리에 받쳐 비를 피하려 했다. 아주까리 우산으로 비를 피할 수 없는 것이 당연하지만 그것은 마음의 우산이었고 비를 맞아도 즐거웠다. 바로 그때 그 아주까리 잎이 연잎을 닮았던 기억이 연잎 위로 겹쳐진다. 아주까리 잎에서도 연잎이 가진 비움의 지혜가 묻어 있었던 것이다.

인도 최고 문헌인 《부라하다라니이카 우피니사드》에서 연꽃은 마음에 비유되고 불상이 존재하지 않았던 시절에는 불타의 상징이 되었으며, 《타이티리야 브라호마니》에서는 창조 신화의 모티브가 되기도 했다. 그리고 연은 세상의 보이지 않은 교훈을 담고 있다. 그것은 비움이고 베풂이며 버림이다. 지금 나는 연에 취해 있으면서도 연잎처럼 마음을 내려놓지 못하고 있다.

연에는 성자보다 거룩한 자기희생의 본성이 있다. 오래전 동해안 금강송이 기개를 뽐내는 깊은 산속의 고즈넉한 산사, 불영사에서 사찰 음식의 전수자인 비구니 스님으로부터 점심 공양을 대접받은 적이 있다. 그때 공양의 재료가 연이었다. 입안에 감기는 연근의 질감과 연잎 속에 오곡을 섞어 만든 예술작품 같았던 연밥의 기억이 아스라하다. 공양 후 곁들어진 연꽃 차, 그 향기에 마음까지 맑아졌던 시간이 빗속의 연꽃 위에 파노라마처럼 그려진다. 무엇 하나 버릴 것 없는 것이 연이다. 연은 우리 인간에게 모든 것을 아낌없이 베푸는 현자가 아닐까? 뿌리와 줄기는 물을 정화하고, 꽃과 잎은 마음이 피폐한 사람에게는 안식과 치유의 마법사가 되기도 한다. 그것은 욕심만을 생각하는 나에게 침묵의 외침으로 들려온다.

연잎에 부딪치는 빗소리도 연의 본성을 닮아 부드럽고 감미롭다. 이에 질세라 내가 받쳐든 우산 위의 빗소리도 잠시 그를 닮아 보고 싶은 모양이다. 소리는 다르나 우산에 부딪치는 소리는 연잎 위의 빗소리를 방해하지 않고, 연잎 위의 빗소리도 우산 위의 그 소리를 방해하지 않은 채 멋들어진 하모니가 된다. 그리고 잠시 연밭 주위를 맴돌고는 나무숲 속으로 사라져 간다. 이것이 불국토의 세상이리라, 연잎과 우산 위의 빗소리를 함께 들을 수 있는 그릇이 부족한 내 마음을 잠시 뒤돌아보려는 순간, 갑자기 서쪽 하늘에 번개가 보이고, 그 뒤를 좇는 천둥의 울부짖음에 정신을 차리니 속세에 우산을 들고 내가 그렇게 서 있다.

오어사의 봄

오어사를 감싸고 있는 오어지吾魚池 초입에는
군데군데 백목련이 뒤좇아온 벚꽃에 떠밀려 시큰둥한 얼굴이다.
자세히 보니 하나둘 고개를 떨구며
떠나는 시간 앞에 미련을 버리고 잎을 피워 초록을 마중할 모양이다

제주도 유채에서 꽃바람이 시작된다. 바람은 바다 건너 광양에서 겨울잠에 빠진 매화를 깨우고, 진해에서 풍성한 벚꽃 잔치를 펼치더니 남풍을 타고 무섭게 산 넘고 강을 건너 농익은 진달래를 지천으로 뿌려댄다. 그렇게 바람에 실려 북으로 내달리던 화신이 포항의 남쪽 나지막한 운제산을 넘지 못해 쉬어가고 있다. 화풍이 일렁이는 3월 끝자락, 운제산 아래 오어사에 여정을 풀고 있는 꽃바람이 궁금해진다. 진달래가 나신의 춤판을 벌리고, 화무에 넋을 놓고 있는 천년 고찰 오어사吾魚寺를 오른다.

오어사를 감싸고 있는 오어지吾魚池 초입에는 군데군데 백목련이 뒤 쫓아온 벚꽃에 떠밀려 시큰둥한 얼굴이다. 자세히 보니 하

나둘 고개를 떨구며 떠나는 시간 앞에 미련을 버리고 잎을 피워 초록을 마중할 모양이다. 밀거나 당기지 않아도 가고 오는 계절의 순환을 예순 번 가까이 겪었지만 오는 봄이 늘 새롭게 여겨짐은 옛 사람의 말처럼 마음은 아직 이팔청춘이기 때문일까? 꽃은 남녀노소 귀천도 없고, 가진 자와 없는 자의 구분도 없다. 이렇듯 사람을 가리지 않는 것은 꽃만이 가지는 유별한 친교성 때문이리라. 꽃 생각에 잠겨 오르는 오어지 아랫길로는 벚꽃이 지난 겨울의 고통을 보상이라도 받으려는지 눈송이 같은 봄을 피워 올렸다. 낯선 이방인에게 잘 왔다는 화답의 미소이다.

오어지를 왼쪽에 두고 비탈길을 오르니 눈앞에 새로운 세상이 펼쳐진다. 오어사를 감싸 안은 운제산의 깎아지른 병풍 같은 바위와 봄물이 오른 나무들이 오어지에 빠져 있다. '참 좋다'라는 탄성이 절로 나온다. 운제산에 만발한 진달래가 맑은 오어지에 목욕을 하고, 연분홍 드레스 차림으로 첫사랑을 기다리는 듯하다. 그 모습은 꽃말만큼이나 해맑고 선녀가 춤을 추는 것 같기도 하다. 때문지 않은 자연의 심성이 이렇게 깊은 것인가? 질 때를 염려하는 아쉬움도 없고 일렁이는 미풍에 온몸을 맡긴 채 화무花舞에 빠져 있다. 돌 같은 가슴이 아니라면 누가 이 꽃춤에 걸음을 멈추지 않으랴. 묵상 중인 오어사는 운제산과 오어지의 봄빛에 넋을 놓고, 진달래의 춘무까지 더해지니 깊은 기도에 빠져들지 못한 채 애상에 젖는다.

　전국에 3천 개가 넘는 사찰이 산재해 있고 사찰 명칭에 고기 어魚자가 들어간 절이 3개가 있다. 부산의 범어사梵魚寺, 밀양의 만어사萬魚寺, 그리고 지금 내가 서있는 오어사吾魚寺이다. 부산 범어사는 금정산 정상에 황금 우물에 금빛 물고기가 놀았다 하여 범어사梵魚寺로 부르게 되었다. 밀양 삼랑진의 만어사萬魚寺는 절집 아래 수많은 돌들이 물고기를 닮았다 하여 만어사로, 오어 사吾魚寺는 고승 원효와 혜공선사가 개천의 물고기를 먹고 누가 법력으로 생환토록 하는가를 겨루었다. 그중 물고기 한 마리가 살아서 개천을 헤엄치자 서로 자기가 먹었던 물고기라 하여 나 오吾에 물고기 어魚 자를 써서 오어사로 부르게 되었다는 내력이 있다. 그래서인지 절집과 운제산 오어지에는 선사들의 법력이 서려 있는 듯하다.

　절집하면 나에게도 아련한 추억이 있다. 조계종 제16교구 본 사인 고운사가 경북 의성에 위치해 있다. 거기서 20여 리 떨어진 안동의 끝자락 일직이 나의 추억이 묻혀있는 고향이다. 초등학 교 소풍도 고운사가 으뜸이었다. 그곳에 대한 기억은 일주문을 지나면 오로지 위만 보고 자란 늘씬한 금강송이 천왕문까지 5리 쯤 숲길을 이루었다. 어릴 때는 이를 '솔굴'이라 불렀다. 그 송림이 고운사의 특징이었다. 피톤치드가 골짜기 가득했기 때문일까? 그 곳을 지나노라면 어머니의 품처럼 편안했던 기억이 절집을 마주할 때마다 주마등처럼 스친다.

사람마다 개성이 있듯이 절집에도 특징이 있다. 오어사는 규모가 작은 절집이지만 자연과의 오묘한 조화가 특징이다. 덧붙여 절집 뒷마당에서 바라보는 북쪽 산꼭대기 바위에 내려앉은 자장암은 신선이 노니는 곳이거나 부처님의 화신이 기거하는 곳이 아닐까? 거기에 엎드리면 세상이 모두 부처로 보일 것만 같다.

절집 마당을 에워싼 오어지의 물은 절집을 찾는 사람들의 세심수가 되고, 병풍처럼 둘러싼 운제산은 중생들을 보듬어 안는 부처님의 손길이다. 모두가 자신을 자랑하지 않으면서 상대를 돋보이게 하는 깊은 심성, 배려가 승화된 조화가 숨어있다. 이런 것이 자연의 속 깊은 본성이다. 여기에 광이불요光而不耀라 했던가? 빛나지만 번뜩이지 않는 진달래의 요염한 춤사위까지 더해지니 오어사의 봄은 조화의 화룡점정이다. 봄빛 그윽한 오어지에 환생한 물고기와 운제산의 진달래 군무가 오버랩 된다. 그 속에 조화롭지 못한 어리석은 내가 언뜻 보이는 것 같다. 나는 조화로운 세상에 어떤 역할을 하고 있는지? 봄꿈에 젖은 오어사에서 무정설법을 듣고 돌아서는 발걸음에 봄이 가득 담겨있다.

사랑의 매실

비탈 밭을 지나던 이웃집 아저씨의 얼굴에는
상철네 부자父子 간의 정겨움이 미소되어 흐르고,
모자 쓴 상철이의 머리 위로 봄빛은
부자지간의 정만큼이나 따사롭게 내린다.

언덕배기 다랭이 밭에 매실을 심는 부자의 어깨 위로 봄빛이 따사롭다. 내륙 깊숙한 골짜기에 가을은 천천히 왔다가 고무줄에 당겨지듯 빨리 가고 그 뒤편에 장승처럼 겨울이 서 있었다. 봄은 더디 온 후 빨리 가 버리고, 여름은 빨리 오고 더디 가는 것이 내 고향 안동의 4계다. 오늘은 가는 봄날, 모처럼의 마음의 여유를 담아 고향의 냄새를 맡는다. 자주 오고가지 못하는 곳이지만 올 적마다 눈으로 소리가 들리고, 귀로는 산천이 보이며, 온몸으로 세상이 만져지고 눈 감으면 그것이 더 선명한 곳이다.

고향의 아련한 추억은 시간이 가면 갈수록 봄빛처럼 또렷해지고 마약 성분이 들어 있는지 마시면 점점 취해진다. 초등학교 시절 어깨에 책보자기를 묶고 10여 리를 내달음치며 오가던 학교 길, 멀리 들녘에서 일하다 허리를 펴시고 지그시 자식을 지켜보던 속 깊던 부모님의 사랑도 아직 그곳에 있는 듯하다. 손주가 보고 싶어 학교 갔다 올 때쯤 시간을 맞추어 찾아 주시던 꼬부랑 할머니의 꼬부랑 사랑이 아직도 꼬부랑 골목에 서려있다. 여름 밤이면 멍석을 깔고 모깃불의 메케한 연기 속에서도 온 가족이 오순도순 모여 앉아 한 입씩 뜯어 먹던 옥수수 알 같은 아련함이 있다. 고향 속의 사랑은 그 연기 속에서 추억이 되기도 하고, 사랑이 되고 아직도 별빛 되어 환영된다.

그런 고향 뒷산 산비탈 아래서 부자父子간의 사랑은 강물 되어 흐른다. 일찍이 집을 나가 서울에서 회사 생활을 하던 동네 상철이, 그는 중학교를 졸업하고 입 하나를 줄이기 위해 객지에서 고생하며 자수성가한 사람이다. 봄날 연휴를 맞아 아내와 아들을 데리고 고향의 부모님께 들른 모양이다. 그가 땀흘리며 삽질을 하고 있는 밭은 동네 뒷산 비탈진 곳으로 앉아서 밭을 맬 때면 몸이 비뚤어질 수밖에 없는 비탈진 밭이다. 그곳은 몇 년 전부터 무엇을 심었는지 농사는 되지 않고 잡초가 더 많았던 곳이었다. 지금 거기에 상철이는 매실나무를 심고 있다. 그곳을 지나가던 이웃집 아저씨가 "무엇 때문에 매실을 심느냐"고 묻자, 상철이는 아버지 어머니에게 돈도 되지 않은 농사를 그만두라고 만류

해도 부모님은 어디 농사를 돈만 보고 하는 것이냐며 그만두지 않기에, 매실을 심으면 고생을 조금 덜 것 같아 매실을 심는 것이라고 한다. 그가 삽질을 할 때마다 효심이 땀방울이 되어 비탈밭에 흐르고, 손등이 거북이 등처럼 딱딱한 부모님은 아들과 같이 있는 것만으로도 흐뭇한 양 그저 미소를 지으며 분주히 손길을 놀린다. 그런데 그 매실나무 구덩이 옆으로 상철이 아버지는 또 몇 개의 이랑을 만들고 씨앗을 뿌린다. 자식들의 생각과는 달리 상철이 아버지는 자식들이 고향에 들리면 푸성귀라도 길러서 주려고 그렇게 등 굽은 허리를 잠시도 그냥 두지 않은 것이다. 비탈 밭을 지나던 이웃집 아저씨의 얼굴에는 상철이네 부자간의 정겨움이 미소되어 흐르고, 모자 쓴 상철이 머리 위로 봄빛은 부자지간의 정만큼이나 따사롭게 내린다.

옛말에 등 굽은 나무가 선산을 지킨다는 말이 있다. 고향에서 일찍이 대학을 졸업하고 괜찮은 직장에다 예쁜 아내까지 얻은 사람들은 고향 찾는 걸음이 잦지 않다. 상철인들 어찌 먹고 살아가는 것이 바쁘지 않으랴마는 고향 걸음이 잦은 걸 보면 옛말이 틀린 말이 아님을 알 수 있다. 부모가 자식에게 고맙다는 말을 자주하면 부모가 늙었다는 증표라던데, 오늘 따라 상철이 아버지는 마음속으로 몇 번이고 상철이게 고맙다는 말을 되뇐다. 그렇게 말없는 부자간의 마음 밭에는 작은 행복이 여울지고 내리

사랑과 치사랑이 씨줄 날줄이 되어 짜여간다.

상철이는 아버지로부터 내리 사랑을 받고 동행한 그의 아들에게도 똑같은 사랑을 줄 것이다. 또한 상철이가 아버지에게로 향하던 치사랑을 그의 아들도 몸으로 배워 따를 것이다. 그렇게 시간이 만들어가는 부자간의 정은 지워지지 않고 효孝란 아름다운 이름으로 이어질 것이다. 세월이 흘러 심었던 매실이 튼실하게 자라 열매를 만들 때면, 도회의 회색 아파트 속에서도 진한 매실 향이 피어나리라.

봄빛이 짙어지는 비탈밭에 투박한 아버지의 가슴은 포근한 대지가 되고, 한번씩 훔치는 상철이의 땀방울은 매실이 열리는 밑거름이 된다. 부자父子의 어깨 위로 한줄기 봄바람이 불어오면 파란 빛깔의 봄은 새콤한 매실 꿈에 젖는다.

묵정밭

밭은 주인의 심성과 찾는 발걸음에 따라 빛깔로 화답한다.
자주 찾아주면 포근하면서도 검은 빛을 띠고,
그렇지 않을 때는 핏기 잃은 누런 황달이 찾아온다.
그는 찾는 손길을 기억하는 명석함이 있다.

아카시아 잎사귀 끝에서 여름이 떠날 채비를 하고. 변덕쟁이 하늘이 파란 도화지를 준비하는 오후이다. 쪼개진 시간 사이로 동네 산(함지산)을 오르다가 골짜기 어깨에 자리 잡은 쉼터에 앉아 있다. 쉼터 아래는 주인을 알 수 없는 등짝만 한 두 필지의 밭이 이마를 맞대고 누워 있다. 한쪽 밭에는 여름을 먹은 파란 고추와 적상추가 잦은 발길에 인사라도 하듯이 반들거리고, 가장자리로는 정성껏 화장을 한 방울토마토가 가는 여름이 아쉬운지 실룩실룩 얼굴을 붉힌다. 다른 한쪽에는 잡초만 무성한 묵정밭이 말 못할 사연을 숨기듯 돌아앉은 모습이 애처롭다.

밭은 주인의 심성과 찾는 발걸음에 따라 빛깔로 화답한다. 자주 찾아주면 포근하면서 검은 빛을 띠고, 그렇지 않을 때는 핏기 없은 누런 황달이 찾아온다. 그는 찾는 손길을 기억하는 명석함이 있다. 손길이 잦으면 이내 알아차리고 윤기로 화답하고, 손길이 뜸하면 금방이라도 온갖 잡초를 앞세워 서운함을 드러낸다. 그리고 모습도 다양하다. 주인의 손길과 정성이 깃든 밭에는 크고 작은 생명의 환희가 연일 이어지고, 그 속에는 꿈도 영글어간다. 하지만 묵정밭에는 촌로가 자식 오기를 기다리며 동네 어귀에서 서성이는 애잔한 기다림이 있고, 잡초들 틈새로는 외로움을 토해내는 고독한 기도가 있다.

　눈앞의 묵정밭 속으로 고향의 부모님 산소 앞 묵정밭이 갑자기 오버랩된다. 고향의 묵정밭에는 이랑조차 희미하다. 바랭이가 낮게 자리를 잡으며 영역을 키워가고 이름 모를 풀들이 키재기를 한다. 조금 더 시간이 흐르면 어린 관목도 자리를 잡을 태세다. 밭의 심성을 곁눈질해 본다. 내 어릴 적 그 밭은 이른 봄 감자가 찾아오면 포근히 품었다가 열배로 되돌려주었고, 여름에 참깨가 살며시 찾아오면 아무 소리 없이 받아 안았다. 그리고는 염천을 인내하며 키워 주었고, 원앙이 오는 늦가을 보리 씨앗이 찾아와도 한결같았다. 엄동설한의 추위도, 하얀 눈 세상도 아랑곳하지 않고 자신은 얼어가면서 고이 품어 열배 백배로 되돌려주곤 했었다. 그런 고향 묵정밭의 포근한 시선을 멀리한 채 세상살이를 이유로 걸음이 뜸했으니, 동병상련의 아픔이 느껴져 눈 앞의 묵정밭이 그냥 보이지 않는다.

밭의 어머니는 흙이다. '태초에 하나님이 천지를 창조하시니라' 하여 천지가 창조되었고 땅과 바다가 있었다. 그때의 땅은 지금의 땅이었을까? 바위가 자갈이 되고, 자갈이 모래로 변하고, 그 모래가 흙이 되는 겁의 시간을 어찌 참아 왔으며, 변하지 않는 성질을 어이 지켜 왔을까? 조석변개하는 인간에 비하면 흙은 영원히 변하지 않는 모정母情 같은 것이 아닐까?

흙 하면 생각나는 것이 있다. 펄 벅은《대지》에 근면한 노동과 검소함을 담았지만, 그 밑바닥에는 변하지 않는 진솔한 흙의 가치를 그렸기에 만인의 가슴속에 남아 있다. 박경리의《토지》도 섬진강 나루터 평사리에서 자연과 인간이 하나가 되는 바탕에는 흙이 있었다. 흙은 화장색만 바꾸었지 본연의 얼굴은 바뀌지 않는다. 지구별의 철학자나 어느 누구도 흙에 대해 폄하하는 사람이 없었고, 앞으로도 없을 것이란 나름의 생각에는 변화가 없다. 그만큼 흙은 세상을 품어 안는 무량한 마음을 가졌기 때문이리라.

나의 유년시절 아버지는 골짜기나 언덕배기에 손바닥만 한 땅

조각이라도 찾아 땀으로 밭을 일구었다. 그 시절 봄이면 초근목피로 끼니를 때워야 했기에 지워지지 않는 아픈 흔적으로 가슴에 남아있다. 하지만 그때 산등성이에 일군 밭들이 지금은 주인의 정을 잃어가고 있으니, 이른 봄 진달래가 능선을 따라 물들어가듯 천지가 묵정밭으로 변해가고 있다. 밭도 옛정이 그리워서일까? 왜 예전으로 돌아가려는 것인가? 변화하는 세상에 홀로 있어야 할 힘겨움만이 이유이지는 않을 것이다. 세상에 묵정밭이 늘어가니 내 가슴에도 잡초가 무성하고, 그 밭 위로 한 가닥 찬바람이 휑하니 인다.

밭을 가꾸는 농부의 가슴속에는 고운 행복이 숨겨져 있다. 창공에 심어져 있고, 따뜻한 대지에 담겨져 있기도 하며, 바람에 실려 있기도 하다. 그 깊은 내면에는 도연명의《도원화기》속의 무릉도원이 있고, 제임스 힐튼의《잃어버린 지평선》의 샹그릴라도 있다. 도시에서 살던 벌과 나비들이 농촌의 야생화가 그리워 발길을 돌린다는 소식을 바람에게 들으며 나 홀로 이상향의 꿈속을 거닐어 본다.

세상의 밭은 비록 기름지고 윤기가 나도 씨앗을 뿌리고 가꾸지 않으면 묵정밭이 되어 버린다. 인간 또한 아무리 건강한 신체가 있을지라도 마음밭에 지혜를 심고 가꾸지 않으면 피폐한 인간이 되어 버린다는 가르침이 흙 속에 녹아 있다. 나는 무엇을 어떻게 심어 가꾸어 갈 것인가? 수확기를 놓쳐 버린 나의 마음 밭에는 일년생 식물은 맞지 않고, 다년생 식물이 제격이다. 빛깔 좋고 달콤한 복숭아를 심을까? 늦가을에 빨갛게 익어가는 감나무를 심어야겠다. 거기에는 무서리 내릴 때 찾아올 손님을 위한 까치밥은 잊지 않고 남겨 두고 싶다. 그리고 외롭지 않도록 부지런히 찾아 묵정밭이 되지 않게 하리라. 상념에 잠긴 풋내기 농부의 머리 위로 복숭아, 감나무에 물이라도 주려는 듯 갑자기 시원한 소나기 한줄기가 쏟아진다.

석부작

계절을 보내야 하는 이별 채비 때문인지 석부작의 어깨 위로
옅은 가을빛이 번져가고, 파란 풍란의 잎새에는
여름을 보내야 하는 외로운 그림자가 스쳐간다.
그림자 따라 높이를 맞춰보니 그것은 행복한 눈웃음이다.

한 자쯤 되는 오석 위에서 떨어지지 않으려고 발버둥 치는 한
촉의 난이 있다. 메마른 환경을 견디어 온 세월이 어느덧 10년이
되었다. 이제 편안히 자리 잡은 자태가 의젓하다. 처음에는 '아
니 왜 저렇게 살도록 만들어 주었을까'라는 작은 번민의 빠지기
도 했었다. 창문을 통해 들어오는 햇빛의 따스함에 꼬박꼬박 졸
고 있는 석부작의 단잠을 깨울까봐 조심스럽게 다가선다. 우연
이었을까? 필연이었을까? 그와의 만남이 주마등처럼 스쳐간다.

동해안 칠보산으로 등산을 갔었다. 오르는 것보다 잘 내려오
는 것이 더 소중하다는 옛말을 음미하며 하산하는 길이었다. 멀
리 동해의 푸른 바다가 한눈에 들어오고 몹시 작아지는 심사를

달래며 쉬고 있을 때, 눈앞에 황금덩어리 오석이 가슴에 안겨 왔다. 나는 이를 고이 품어 닦고 씻기를 거듭한 후 그와 함께 살아갈 풍란을 찾았다. 난 가게에서 예쁘고 싱싱한 것으로 고른 뒤 정성을 들여 오석에 붙여 기른 것이 석부작과 아름다운 동거의 시작이었다. 나는 석부작에 물을 주고 그는 나에게 정을 주며 같이한 시간이 애증의 추억으로 마음 언저리에 서려있다.

물소리 새소리 들리는 산허리에 터를 잡고, 동해의 파도소리까지 들으며 시인이 되려는 오석을 삭막한 아파트로 강제 이주시켰으니 얼마나 나를 미워했을까? 다행히 같이 어깨를 기대고 살아갈 수 있는 풍란이 있었기에 그나마 외로움이 덜했으리라. 석부작과 나와의 관계는 임포의 "매처학자"이거나, 퇴계의 "매형매선"은 언감생심이고 외로울 때 한번씩 속내를 보이는 친구가 아닐까?

석부작을 보면 최고가 무엇이고, 행복을 전하는 것이 어떤 것이지 알 수 있다. 그에게 두 다리가 있었다면 우사인 볼트가 되었을 것이고, 날개를 달아 주었다면 안조가 되었을 것이다. 석부작은 삶의 거울이다. 다리가 없고, 날개가 없어도 돌은 난이 있어 외롭지 않고, 난은 기댈 곳이 있어 생을 예찬한다. 공기와 햇빛이 있고, 갈증을 달랠 물만 있으면 그것으로 행복해 한다. 이루지 못할 욕망의 언덕에서 서성이며 방하착이 없는 내게 비하면 그는 분명 행복한 성자이리라.

한때 난과 돌을 수집하는 사람들과 함께한 시간들이 있었다. 평범한 사람들이 보는 시각과는 또 다른 일면이 그들의 눈이다. 사람에 비유하면 다리가 부러지거나 한쪽이 없는 자, 손가락이 하나 없거나 더 있는 사람. 즉, 비정상적인 것이 가치를 인정받는다. 난에는 중투 복륜 서반 등이 그것이며, 돌에는 호피 폭포 해바라기석이 그러하다. 옥이 귀한 것은 흔하지 않기 때문이며, 돌이 귀하지 않은 것은 그 수가 많기 때문이다. 그들에게는 장애가 있는 것 즉, 비정상이 바로 진기한 보배가 되는 것이다. 그런 심안을 세상으로 펼쳐낼 수는 없을까? 주위에 있는 장애인이 소중하게 보이지 않는 속 좁은 가슴이 석부작을 통해 투영된다.

돌과 같이 살아가는 난은 물기가 없으면 살아남아야 한다는 떨리는 본능이 발동한다. 뿌리의 끝을 돌에게로 밀착시키고 한없이 자세를 낮춘다. 그에게는 인간보다 더 숭고한 종족 보존의 본성이 있다. 게으른 주인을 만나 물을 제때 얻지 못하면 죽음이 임박한 것으로 느끼고 후대를 위해 삭막한 조건에서 온몸의 에너지를 태워 꽃을 피워낸다. 흙 한 점 없는 돌에 붙어살면서 끈질기게 지탱하는 생명력은 이런 것이라고 꽃으로 말해준다.

설한풍을 이기고 곱디고운 꽃을 피우는 매화와, 고결한 기품에서 풍겨지는 그윽한 향기를 간직한 난, 무서리 속에서 꽃망울을 피워 내는 국화, 여인의 절개와 선비의 지조를 지닌 죽, 모두 고매한 성품을 지녔다. 그래서 예부터 선비는 사군자를 가까이 두면서 즐기고 배워 왔는가 보다. 돌에 기대어 자란 풍란은 향기가 진하지 않으나 강인한 생명력에서 뿜어져 나오는 기는 어디에도 비할 바가 아니다.

세상사 많은 것들이 상대가 나에게 얼마나 필요한 존재인가로 가치를 매김 한다. 친구가 그러하며 자식도 예외가 아니다. 심지어 부부까지도 도움을 받을 대상으로 인식되는 현실 속에서 석부작의 이상은 숭고하기까지 하다. 어떻게 하면 상대가 자신에게 의지할 수 있을 것인가로 존재의 가치를 부여한다. 그에게 빠져있는 순간, 갑자기 햇빛 아래 자태가 범상치 않다. 빙그레 웃는 미소의 의미는 나의 심성이 너무도 얕고, 작고, 깊지 못함을 벌써 알고 있는 듯하다.

계절을 보내야 하는 이별 채비 때문인지 석부작의 어깨 위로 옅은 가을빛이 번져가고, 파란 풍란의 잎새에는 여름을 보내야 하는 외로운 그림자가 스쳐간다. 그림자 따라 눈높이를 맞춰보니 그것은 행복한 웃음이다. 우연한 동거로 시작한 석부작이 몇 번의 향기를 뿜어내며 사랑의 보금자리를 만들어 가고 있다. 돌은 난을 금지옥엽으로 받들고, 난은 돌을 생명의 원천으로 여기며 서로 기대어 살아가고 있으니, 천생연분이 석부작에 고이 숨어있다.

* 석부작 : 풍란을 돌에 붙여 키우는 것.

비 내리는 밤바다

우산 위로 내리는 빗소리를 귀로 들으면 베토벤의 피아노 소나타 월광으로
들리고, 눈을 감고 가슴으로 들으면 9번 교향곡 합창으로 들리기도 한다.
한 걸음 나아가 파도의 배음이 깔리고 온몸으로 들으면
모차르트의 피아노 협주곡으로 승화되는 착각에 빠진다.

추적추적 비가 내린다. 나는 비를 좋아한다. 그중에서도 오월
의 비를 좋아한다. 자연의 섭리에 따라 내리는 비지만 내게는 우
주의 법칙을 일탈한 보이지 않는 그 무엇이 있다. 오월의 비는
신록을 위한 에너지이고 결실의 초석이 되기도 하며 계절의 불
청객 황사와 꽃가루를 말끔히 청소해 주는 해결사이기도 하다.
다행히 올해 황사는 뜸했지만 꽃가루는 유별났던 것 같다. 오월
의 비로는 제법 많이 내린다는 예보이다. 가로수가 비를 반기고,
모래사장이 눈앞에 펼쳐진 아름다운 야경이다. 옆에서는 파도소
리까지 들리는 포항 북부해수욕장의 산책로를 우산을 받쳐들고
우수에 젖은 가로등과 함께 걷고 있다.

산책로 좌우로 도열한 가로수는 갈증 속에 인공의 물만 마시며 속을 태우다가 자연의 물이 그리웠는지 두 팔을 벌려 발돋움을 하며 한줄기의 비라도 더 받을 자세이다. 가로등 불빛과 바람의 속삭임으로 비에 젖은 잎들이 번쩍거린다. 그 모습은 나무가 환희의 손뼉을 치는 것만 같다. 바닷가에서 뭍으로 불어오는 한줌 바람이 가로수를 스치면 느티나무는 고개를 숙였다가 펴기를 반복한다. 그 모습은 비를 반기는 춤사위로 보인다. 오월! 빗속의 바닷가는 어떤 모습이어도 싱그러움 그 자체다.

심금을 울리는 음악은 눈을 감아야 제대로 들을 수 있고 하늘에서 떨어지는 빗소리는 걸을 때에는 들리지 않는다. 잠시 걸음을 멈추어야 들리고 그 소리도 가슴으로 들어야 제대로 들린다. 낡은 유성기의 비음 같은 그 소리를 나는 좋아한다. 비는 무엇인가를 씻어내는 성질이 있지만, 나에게는 지난 시간을 풀어내는 물레 같은 존재이다. 우산 위로 내리는 빗소리를 귀로 들으면 베토벤의 피아노 소나타 월광으로 들리고, 눈을 감고 가슴으로 들으면 9번 교향곡 합창으로 들리기도 한다. 한 걸음 나아가 파도의 배음背音이 깔리고 온몸으로 들으면 모차르트의 피아노 협주곡으로 승화되는 착각에 빠진다.

농聾자는 이런 행복의 소리를 듣지 못함을 아쉬워하지 않는다.

선천적으로 듣지 못하는 사람은 그나마 덜하지만 성장 과정에서 후천적인 장애로 소리를 듣지 못하는 사람은 어떨까? 아마도 옛날을 추억하며 가슴으로 듣지 않을까? 비 내리는 바닷가의 황홀한 야경에 취한 청춘 남녀가 보폭을 맞춰가며 옷이 젖는 것도 잊은 채 해변을 걷는다. 거기에다 마음까지 맞춰 간다. 이런 풍경을 보지 못하는 맹자 또한 어쩌하랴 그들은 빗소리에 귀만 쫑긋해도 이런 풍광을 마음으로 보는 혜안을 가졌을 것이다. 나는 '농'자도 '맹'자도 아닌 사지가 멀쩡한 인간이니 이 얼마나 행복인가. 그 행복을 모르고 남에게는 있으나 나에게 없는 작은 그것만을 분주히 쫓아다니는 한 마리 사향노루는 아닌지?

가로등 불빛을 받아 해송 잎사귀에 맺혔다가 떨어지는 빗방울은 누에가 뽕잎을 먹고 비단 올을 토해내는 것 같고, 느티나무 잎사귀를 적시고 떨어지는 빗방울은 굵은 오선지 위에 음표를 그려 내는 것만 같다. 잠깐 들었던 우산을 접고 비 내리는 하늘을 보면, 가로등 아래로 떨어지는 빗줄기는 세상 슬픔을 혼자 안고 토해내는 눈물 같기도 하다. 똑같은 비이지만 보는 각도에 따라 그 모습이 다르다. 우리네 삶도 이와 같다. 자신이 처한 위치와 장소에 따라 각각 달리 보이리라. 어떤 이는 하루하루가 고통의 연속이고, 어떤 사람은 매일 행복의 소나타에 젖을 것이다.

빗속에 바람을 타고 뭍으로 몰려오는 파도에는 여린 해조음 장단이 있는가 하면, 한 굽이씩 휘몰아칠 때에는 멋들어진 춤꾼이 되기도 한다. 이때에는 관능과 외로움이 버물려진 격정의 탱고가 된다. 잠시 파도의 춤바람에 발걸음을 멈춘다. 파도는 바람을 앞세우기도 하고 자신이 앞서기도 한다. 앞선 파도는 뒤따르는 파도에 잡힐 듯 잡힐 듯 애간장을 태운다. 그 모습은 탱고에 심취한 젊은 청춘 남녀의 모습으로 환영되기도 한다. 사이키 조명 아래 손잡은 파트너와 밀고 당기며 탱고에 빠져있다. 남자는 고무줄에 당겨지듯 여자에게로 몸을 밀착시키며 잠시 인간의 본능이 번뜩이다가 이성이 시퍼런 학자가 되어 얼른 떨어지기도한다. 춤사위에 빠져있는 내 곁으로 파도가 만들어낸 하얀 포말은 관중의 박수 소리가 되어 해변 고층 건물에 부딪치고는 다시 바다로 흩어진다.

캄캄한 바닷가에 비가 내리면 세상은 온통 자연 속으로 빠져든다. 내 앞에 펼쳐지는 하늘에서 내리는 비와 저음과 고음이 혼재된 격정의 파도소리는 바로 자연이다. 그리고 내 손에 쥐어진 우산과 해변의 고층건물, 그리고 바다를 지키는 애처로운 가로등, 건물의 오색찬란한 조명은 인공이다. 자연의 순수함도 고귀하지만 거기에 덧붙여진 인공이 있기에 보다 심오한 풍광을 그려 낸다. 나의 삶에도 칼날 같은 이성만이 존재했다면 그저 무미

건조한 일상이지 않았을까? 작은 것에 울고 웃는 감성이 덧칠되었기에 지금처럼 작은 행복에 젖을 수 있는 것이리라. 비우고 배워야 할 것이 도처에 가득하다. 비 내리는 바닷가 모래톱 위에 나는 내일의 앞모습을 그리고 파도는 지우기를 반복할 때, 굽 높은 하이힐의 늘씬한 파도는 격정의 탱고 속으로 빠져 든다.

우포늪

늪은 자신에게 기대어 살아온 수많은 생명체의 탄생과 입몰의 흔적欣慼을 함께 했을 것이다. 하지만 그 숱한 생멸을 지켜보면서 희비의 감정은 속으로 감춘 채 수만 년 뭇 생명체를 한 치의 빈틈없이 계절마다 정성들여 보듬고 있다.

늪의 상징인 버들이 노란 꽃술의 허물을 벗고 삐죽삐죽 파란 봄을 피워 올리는 소리가 들리는 듯하다. 3월의 마지막 휴일 이른 아침, 우포늪은 봄의 향연으로 소란하다. 늪에는 파란 물빛과 소리에 봄이 깔려 있지만, 달력 한 장 넘기기가 힘겨운지, 새벽에 내린 빗방울 때문인지 불어오는 바람에 겨울 한 줌이 묻어 있다. 나는 옷깃을 세우고 목도리를 다시 감는다. 바람이 차가우나 눈길 닿은 산기슭과 강가로는 연두빛 옷차림에 초록이 전야제를 치르고 있다. 마음속에 봄을 피워보고 싶은 심사를 달래며 수만 년의 계절을 살아온 우포늪 속으로 빠져든다.

주차장에 차를 세우고 대대제방 쪽으로 걸음을 옮긴다. 초입의 버들가지 위에 앉았던 딱새 한 마리가 아침 방문객이 반가운지 폴폴 머리 위를 날며 인사를 건네 온다. 길옆으로는 물억새가 버들 사이에 터를 잡았다. 오랜 시간 그랬듯이 겨울의 허물을 벗으려는 몸부림이 애처롭다. 아침 햇살을 받아 번뜩거리는 줄기는 새순의 탄생을 위한 산고이런가? 얼마나 많은 세월을 물속에 뿌리를 내린 채 이런 계절 갈이의 아픔을 감내했을까? 큰 마디 없이 줄기를 키워 온 내 삶이 부끄러울 뿐이다. 우포늪은 맏형격인 소벌 우포와 모리벌인 시지포, 나무벌인 목포, 쪽지벌 등 4개의 늪으로 이루어져 있다. 모두를 돌아보려면 많은 시간을 필요로 하기에 소벌만을 둘러본다.

대대제방에 올라서니 오른쪽으로 토평천을 끼고 펼쳐진 바둑판 같은 들판에는 벌써 봄이 내려앉았다. 파란 줄기를 피워 올린 마늘밭에는 농부들의 부지런함이 묻어 있고, 고개를 돌리니 산기슭에도 벌써 초록이 자리를 잡았다. 제방 아래로 걸음을 옮기자 무리에서 떨어져 망을 보던 청둥오리 한 마리가 물위에 날개를 퍼득거리며 침입자가 왔음을 알린다. 초병의 경계 신호에 아침 식사에 분주하던 수십 마리 청둥오리가 경계의 눈빛을 보내며 갑자기 조용해진다. 덩달아 내 걸음이 멈춰진다. 잠시 긴장이 흐른 후, 오리가 마음의 빗장을 푼다. 자신들을 해치지는 않을 것이란 믿음이 있는 듯하다. 하늘의 흰 구름도 휴일처럼 여유롭고 내 마음도 구름만큼 자유롭다. 그러나 고향으로 돌아갈 준비에 바쁘기만 한 청둥오리의 여로를 생각하니 안쓰러움으로 다가온다.

　제비는 삼월 삼짇날 왔다가 9월 9일에 강남으로 돌아가는데 청둥오리는 언제 왔다가 언제 가는지 그들의 귀로가 궁금해진다. 생뚱맞게 청둥오리 생각만 하는 내가 미웠는지 늪의 귀공자 왜가리 한 마리가 긴 목을 쭉 뺀 채 머리 위를 한 바퀴 돌고는 냉소를 보내며 나무벌 쪽으로 사라진다. 왜가리의 날갯짓에 봄이 한 걸음만 더 깊어지면 자운영이 우포늪을 장식할 것이고, 한줄기 꿈 같은 봄비가 내리고 나면 물닭이 늪을 주름잡을 것이다. 그리고 개구리들의 탄생이 시작되면 늪은 풍요의 찬가를 부르겠지? 수많은 새가 오고 가고, 이름 모를 꽃들이 피고 지고, 이를 품어 안았던 물이 차가웠다가 따뜻해지면 또 계절은 변함없이 바뀌리라. 세상에 변화지 않는 한 가지 진리가 있다. 그것은 '세상의 모든 것은 변한다는 것이다.' 우포늪도 겉으로는 이렇듯 수많은 변화를 거듭해 왔고 내일도 그 길을 마다하지 않을 것이다. 하지만 늪은 피같이 소중한 물을 담기도 하고 퍼주기도 하면서 사람들과 뭇 생명체를 풍요롭게 하는 깊은 천성은 변하지 않았다. 늪이 주는 교훈이 우포늪만큼이나 깊고 넓다.

내 유년의 고향에도 강이 산을 돌아 감는 모퉁이에 어김없이 작은 늪이 있었다. 거기에 갯버들이 자연스럽게 뿌리를 내리고 각종 수초가 융단처럼 자리를 잡았다. 그 속에는 물방개며 미꾸라지 등 온갖 어류의 보금자리였고 강을 살찌우는 생명체의 자궁이었다. 몸속에 병균이 들어와 자신도 모르게 항체가 생성되는 인체의 신비함처럼. 어릴 때는 늪의 고마움을 알지 못하였지만 그 늪에서의 추억이 오늘날 건강한 나를 만든 항체가 되지 않았을까?

전망대로 향하는 늪가로 꿈틀대는 생명체의 심장 소리가 들리는 듯하다. 물속에 뿌리를 내린 가시연과 마름이 뿌리에 힘을 얻고, 수줍어 물위로 얼굴을 내밀지 못하는 검정말과 붕어말의 움찔대는 봄기운이 손에 잡힐 것만 같다. 늪은 자신에게 기대어 살아온 수많은 생명체의 탄생과 입몰의 흔척欣戚을 함께했을 것이다. 하지만 그 숱한 생멸을 지켜보면서 희비의 감정은 속으로 감춘 채 수만 년 뭇 생명체를 한 치의 빈틈없이 보듬고 있다. 늪의 넓은 마음을 내 작은 가슴에 담을 수가 없음이 아쉬울 뿐이다. 전망대에 올라서니 눈은 늪 위를 더듬고, 마음은 깊이를 알 수 없는 늪 속으로 빠져든다. 한줄기 춘풍이 늪 가장자리로 불어 올제, 머리 위로 큰고니 한 마리가 이별을 예감했는지 슬픈 울음을 날개 짓으로 풀어낸다.

2부
녹음에
안기다

빙계계곡

풍혈風穴 앞에 모여든 사람들은 내리쬐는 태양빛이 강할수록 표정은 더 밝다.
극과 극에서 느끼는 짜릿함 때문일까?
계곡을 흐르는 빙계천에는 친구, 부모형제,
연인들이 풀어내는 행복한 언어들이 물길 따라 고이기도 하고 옹알이를 한다.

계곡 초입에 도열한 배롱나무의 파란 잎이 작열하는 태양빛에 하늘거린다. 분홍 립스틱으로 멋을 낸 나리가 고개를 숙이며 임을 반기듯 수줍음에 젖은 골짜기 끝자락으로 7월이 익어간다. 20여 년 전에 주마간산으로 지나쳤던 기억을 더듬으며 경북 의성의 빙계계곡을 찾았다. 하늘의 구름도 휴일처럼 여유롭고 내 마음도 흰 구름만큼 가볍다. 고추잠자리는 내리쬐는 햇빛에 유영하며 짝을 찾아 하늘 위로 연서를 쓴다.

빙계계곡은 경북 팔경의 하나이고, 빙계팔경이 계곡 내 여기 저기에 숨어있다. 용추, 물레방아, 바람구멍, 어진바위, 의각, 석 탑, 얼음구멍, 부처막이 그것이다. 빙계계곡 하면 먼저 떠오르는 것은 단어가 주는 의미 그대로 시원함이다. 엄동설한에는 따뜻한 김이 무럭무럭 솟고 삼복더위에는 얼음이 있어 냉기가 피어나는 것이 특징이다. 태양이 맹위를 떨치는 칠팔월에는 벌레들이 불빛을 찾아 모이듯이 더위에 지친 몸과 마음을 달래려고 사람들은 시원한 바람을 찾아 이곳으로 몰려든다.

중부지방에는 지루한 장마가 뉴스 시간을 메우고 남부지역에는 세상을 달군 맹하의 햇볕이 가마솥 아래 장작불처럼 이글거린다. 손바닥만 한 땅에서 누구는 비 걱정을 하고 어느 곳에서는 폭염에 지쳐가는 모양이다. 태양이 대지를 달굴 때면 마음밭에 하얀 무서리를 생각하며 찾는 곳이 바로 빙계계곡이다. 바위굴 앞에는 사람이 용기종기 모여 있는 것이 멀리서 보면 알알이 박힌 포도송이 같다. 굴 안에서 토해내는 시원함 바람에 등을 대기도 하고 어떤 사람들은 수박이며 먹을 음식을 쌓아 천연 냉장고로 활용하기도 한다. 그렇게 풍혈風穴 앞에 모여든 사람들은 내리쬐는 태양빛이 강할수록 표정은 더 밝다. 극과 극에서 느끼는 짜릿함 때문일까? 계곡을 흐르는 빙계천에는 친구, 부모형제, 연인들이 풀어내는 행복한 언어들이 물길 따라 고이기도 하고 옹알이를 한다.

깊이를 알 수 없는 자연의 섭리에 고개가 숙여진다. 어떤 연유로 겨울에는 더운 바람을, 여름에는 냉기를 사시사철 변하지 않고 바위굴을 통해 뿜어내는 것일까? 그 바람의 온도가 정확하지 않지만 대략 5도에서 10도쯤 되는 것 같다. 그러기에 대지가 얼어붙는 겨울에는 따뜻한 바람이고 체온에 가까운 성하의 폭염에는 시원한 냉기로 느껴지는 것이다. 금방 데워졌다 쉬이 식어지는 냄비보다 더디 끓고 오래가는 뚝배기에서 깊은 맛이 느껴지듯 은은한 뚝배기의 맛이 풍혈 속에 숨어있다.

이처럼 세상의 온도에 민감하지 않고 바위 속에 은은히 품은 천년의 기운을 밖으로 분출하는 것이 바로 사람을 모이게 하는 힘이다. 생각이 깊지 못하고 조령모개朝令暮改 조삼모사朝三暮四 세상사에 몸을 맡기고 바람 따라 물결 따라 일렁이는 내가 배워야 할 것이 풍혈의 진득함, 어디 그것뿐이겠는가?

옛 지명을 보면 온溫(따뜻할 온) 자가 들어가 있으면 그곳 어디엔가 따뜻한 물 즉, 온천이 있었다. 경북 울진 온정면 온정리에 소재한 백암온천, 충남 온양시 온천동의 온양온천, 충북 중원군 상모면 온천리의 수안보 온천 등 수없이 많고, 천川 자, 정井 자가 들어간 곳에도 온천이 있었다. 그리고 빙氷 자가 들어가거나 얼음이란 말이 쓰여진 곳은 예외 없이 시원한 골짜기가 있었다. 밀양과 제천의 얼음골, 청송의 얼음골 등 헤아릴 수 없을 만큼 많다. 빙계계곡도 그중에 하나이다. 지명 하나에도 우리 선조들의 지혜로움과 의미가 담겨져 있다.

내가 빙계계곡에 취한 연유는 다름 아닌 바로 풍혈風穴과 빙혈 氷穴이다. 바람구멍과 얼음구멍을 말하는 것인데 풍혈은 도처에 널려있고 빙혈은 유리막으로 가려져 있다. 그 안에는 얼음조각 이 신주단지처럼 고이 모셔져 있다. 오랜 풍상을 겪으면서 변해 가는 석굴암의 부처님을 보존하기 위해서 세상과 단절이 필요 하기에 유리 칸막이로 보호하고 있는 것과 같다. 자연은 모두의 것이면서 어느 누구의 것도 아니다. 후손들의 것을 잠시 차용중 서 없이 빌려 쓰고 있을 뿐이다. 그런데 인간은 개발과 문명이란 미명 아래 내 것처럼 마구 파헤치고 덮고 세워, 회복 불가능한 상태로 내몰고 있는 것이 현실이다. 그러기에 천년만년 변치 않 는 풍혈과 빙혈의 지조를 배우고 자연을 소중하게 여기라는 자 성의 소리를 들어야 한다.

풍혈은 부처님의 마음이다. 그 속이 얼마나 깊고 넓은지? 그렇 게 퍼주고 아직 남아 있는 것이 있는지? 세상사에 젖어 있는 내 가슴으로는 가늠이 되지 않지만 작은 확신이 있다. 태양이 빛을 잃고 달이 어둠에 묻혀 시간이 멈추는 그날까지 그의 자비행은 멈추지 않을 것이다. 어느 누가 찾아와도 사람을 가리지 않고 억

겁의 시간 속에 다져진 깊은 숨결을 오직 남을 위해 아낌없이 퍼주는 혜량함, 그 따뜻한 가슴을 배워야 한다. 잡히지 않은 것을 잡으려 하고 잡아도 잡히지 않는 한줌의 물을 보면서도 더 가지고 쌓기에만 전전긍긍했던 나는 풍혈 앞에 무릎을 조아리고 배워야 하리라. 그것이 빙계계곡이 주는 무정설법이 아니겠는가? 빙계천의 물소리에 끌려 풍혈 앞을 나서면 지글거리는 태양 아래 천지가 불가마다. 그러나 풍혈이 뱉어낸 천년의 냉기 때문일까? 가을바람 같은 시원한 바람 한줄기가 전신을 휘감고 그 바람이 골짜기를 돌아서면 잠시 7월은 저만치 비켜서 있다.

노인과 낚시

노인이 드리운 낚싯줄 아래로는 무채색의 암울했던 지난 시간이
낚이기도 하고, 부활을 꿈꾸며
생애 찬가를 부르던 황금시절도 걸려든다.
하지만 노인은 걸려든 낚싯대를 잡아당기지 않고 느끼고만 있을 뿐이다.

노인은 짧은 낚싯대를 코앞의 바다에 던져놓고 눈을 감고 있다. 옆에 둔 낚시 가방 속에는 지난 시간만큼이나 자질구레한 낚시 도구들이 어지럽게 널려 있다. 그 가운데 몸통보다 더 큰 건전지를 등에 업은 낡은 라디오가 노래 소리를 토해내고, 아침 바다는 리듬에 맞춰 춤을 춘다. '인생은 나그네 길 어디서 왔다가 어디로 가느냐. 구름이 흘러가듯' 최희준의 하숙생 노래다. 노래는 흔들리는 뱃전에 부딪혀 바다 위로 흩어진다. 백발이 성성한 노인은 무슨 생각에 잠겼는지 눈을 감고 있다. 바닷속의 물고기보다 많은 사연을 더듬고 지나온 시간을 되감으려고 안간힘을 쓰는 것일까? 마지막 태엽이 풀리기 직전의 시계추 같은 일상 때문인가 아니면, 무엇인가를 예감해서일까? 속내가 궁금하다. 그

모습이 걸음을 멈추게 한다. 가만히 보니 노인은 봄 바다를 일렁이게 하는 해풍에 몸을 맡긴 채 표정은 구름처럼 편안하다.

5월 초 이른 아침 포항의 동빈항을 걷고 있다. 나는 내륙인 안동에서 태어나 유년을 보내고 삶의 대부분을 대구에서 살았기에 바다는 늘 동경의 대상이었다. 바닷가는 그저 휴가철에 한 번씩 다녀오는 것이 전부였으나 포항에서 근무하게 되면서 꿈길을 걷듯 자주 걷는 곳이다. 동빈항은 포항에서 울릉도로 사람과 물자를 싣고 드나드는 여객선 터미널이 있다. 육지 사람은 바다를 연모하여 내달리면 닿은 끝자락이기도 하지만, 섬사람에게는 뭍으로 오르는 동경이 만나는 곳이기도 하다. 어느 누구에게나 오늘은 살아온 날의 최종역이고, 살아야 할 미래에 대해서는 출발이 되는 것처럼, 항구도 이런 인간사와 크게 다르지 않다. 그런가 하면 크고 작은 어선들이 어머니 품같이 아늑한 곳에서 새로운 에너지를 얻기 위해 안식을 구하는 작은 항구다. 선착장 옆으로는 열병식에 참여한 군인들처럼 고만고만한 작은 배들이 머리를 육지로 향한 채 서로의 몸을 묶고, 점호라도 받을 모양이다. 그 사이에 노인은 낚싯대를 드리우고 무언가를 낚고 있다. 그 모습이 자유로운 영혼의 소유자 조르바처럼 편안해 보이는 것은 시간이 주는 마력 때문만은 아닌 것 같다.

영일만에 붉은 융단을 깔았던 아침 태양이 잠시 구름 속에 나신을 숨기면 바다는 파란 봄 빛깔로 금방 옷을 갈아입는다. 그리고 얼굴을 씻듯이 구름을 베껴내면 아침 바다는 다시 붉은 피를 토한 듯 선혈이 낭자하다. 불식간에 일어난 모습이지만 변장의 고수 데이비드 카퍼필드의 마술도 이에 미치지 못할 것이다. 노인은 그 빛에 취한 듯하다. 항구의 산책로에는 해송이 바람의 괴롭힘이 힘에 겨운지 서로의 몸을 막대기로 묶고 지팡이까지 짚고 있다. 바다 위로는 바람이 흔드는 지휘봉에 따라 배들이 춤을 춘다. 부두에 부딪치고 서로 밀고 당기며 삐그덕 소리를 낸다. 그 소리는 어판장에 경매사가 토해내는 질박한 삶의 소리가 되기도 하고, 언뜻 들으면 재래시장의 왁자지껄한 소음처럼 들리지만, 가만히 가슴으로 들으면 환희의 찬가이다. 멀리로는 아버지가 새벽 일찍 들에 나갔다가 삽짝문을 열고 들어서듯 밤새 잡은 고기를 싣고 귀항하는 작은 배들은 한 폭의 그림이다. 그 배 위로는 밤새 배가 고팠는지 갈매기 무리가 배 위를 나르며 끼룩끼룩 아침을 조른다.

노인이 드리운 낚싯줄 아래로는 무채색의 암울했던 지난 시간이 낚이기도 하고, 부활을 꿈꾸며 생의 찬가를 부르던 황금시절도 걸려든다. 인간의 구분에는 먹고 마시는 것에만 몰입하는 하류인, 사람의 본분에 충실한 진인眞人이 있고, 그리고 남을 위해 자신을 초연히 버리는 성인聖人이 있으며, 삼라만상의 모두를 보듬어 안는 선인仙人이 있다. 한편 낚시꾼에는 낚시를 먹거리로 생각하는 이는 하류이고, 고기를 잡는 맛, 일명 손맛을 즐기는 사람은 조진釣眞이다. 강태공은 미끼도 없이 낚싯대를 드리우고 시간을 낚았으니 조성釣聖이라면 노인은 낚시로 고기를 잡기 위한 것도 아니고, 손맛도 아닌, 회상을 낚고 있으니 조선釣仙이 아닐까? 노인은 바다 물빛이 태양과 구름의 조화로 붉다가 파래지고 파랗다가 붉어지는 이치를 벌써 지득한 모양이다. 아침노을이 찬란하지만 노인의 가슴속에는 지는 저녁노을도 격이 있음을 느끼고 있는 것이다.

노인은 달관을 넘어 신선의 경지에 이른 듯하다. 머리 위에 내려앉은 하얀 이슬이 그렇고, 굽은 등과 이마에 각인된 주름살이 징표가 아닐까? 강처럼 패인 주름의 낮은 곳은 고난의 시절이고, 높은 곳은 꿈처럼 달콤했던 지난 시간이었으리라. 그에게는 바닷속의 프랑크톤보다 더 많은 삶의 애증을 가슴에 담고 있지 않을까? 그 많은 이야기를 하얀 눈으로 덮기도 하고, 때로는 한여름 소나기로 씻기도 했을 것이다. 그리고 모든 것을 가슴에 담았으리라. 나도 강산이 한두 번 바뀐 후에 노인과 같이 회상에 잠기는 유유자적한 노년의 여유를 가질 수 있을까? 선인仙人과 성인聖人으로 살 수 없는 것은 너무나 자명하지만 하루하루 본분에 충실한 진인眞人으로 살아야 할 이유가 중천으로 떠오르는 햇살 속에 보이는 것 같다. 그때 나의 낚시 망태 안에는 물고기가 보이지 않아도 좋다. 퍼득거리는 아름다운 회상을 담고 싶다. 꿈길 같이 돌아서는 발걸음 위로 바다는 태양빛에 물들고, 노인은 회상에 젖고, 나의 내일은 일렁이는 파도에 춤을 춘다.

동이와 찌아

동이와 찌아를 안고 있으면 심장이 뛰는 생명체의 숨소리를 느낄 수 있다.
내 체온을 전하고 상대의 숨결을 들을 수 있는 것은
비록 상대가 인간이 아니더라도 그 자체만으로 행복감을 느낀다.
포근한 털의 촉감은 사람을 안고 있는 것과 다른 묘한 감정에 빠져들게 한다.

우리집 막둥이 갈색 푸들 둘의 이름이다. 초롱초롱한 눈망울
에 길쭉한 미관, 코끝은 물에 젖은 솜처럼 언제나 촉촉하다. 귀
는 늘어져 있고 주둥이가 뾰쪽하며 붙임성이 좋은 것이 특징이
다. 동이는 12년 전 우리 식구가 되었고 찌아는 10년 전 동이에
게서 막둥이로 태어났다. 분양된 위로 셋과는 달리 어미와 같이
한집에 살게 되었다. 동이와 찌아는 모녀 지간으로 벌써 같이 살
아온 지가 10여 년이 되었으니 눈빛과 미동만으로도 서로의 심
사를 읽어내는 한 가족이다.

인간이 스킨십을 통해 정이 들듯이 동이와 찌아도 마찬가지
다. 내가 소파에 앉아 있으면 동이가 먼저 와서 안기고 뒤이어

찌아가 폴짝 뛰어 안기면서 그 시기심을 발동한다. 어미인 동이를 살짝살짝 밀면서 편안하게 자리를 잡는다. 그러면 나도 두 무릎을 조금 벌려 두 놈이 편안하게 같이 앉도록 배려를 한다. 동아와 찌아를 안고 있으면 심장이 뛰는 생명체의 숨소리를 느낄 수 있다. 내 체온을 전하고 상대의 숨결을 들을 수 있는 것은 비록 상대가 인간이 아니더라도 그 자체만으로 행복감을 느낀다. 포근한 털의 촉감은 사람을 안고 있는 것과 다른 묘한 감정에 빠져들게 한다.

동이와 찌아의 일과는 나의 기상 시간에 맞춰 눈을 뜨고 화장실을 다녀오면서부터 시작된다. 내가 식탁에서 아침식사를 할 때면 맞은편 아내의 품에 안기거나 아기처럼 나의 무릎에 안겨 밥 먹는 것을 지켜보기도 한다. 내가 출근을 위해 엘리베이터 문을 열고 손을 흔들면 그 촉촉한 눈망울을 맞추고서야 돌아서는 배웅의 예를 잊지 않는다. 이때는 사대부가의 여인마냥 예절이 몸에 배어난다. 찌아도 동이를 따라 행동을 맞춰간다. 교육적인 측면에서 보면 윗사람의 행동이 최고의 교육인 셈이다. 텅 빈 한낮에는 둘이 포근한 방석 위에서 서로 비비고 핥아주면서 햇빛에 몸을 맡기는 망중한을 즐기지만 사실은 그때가 제일 외롭다. 늙은 부모가 자식의 방문이나 전화를 기다리는 심사이리라. 하지만 퇴근길 엘리베이터 소리만 들어도 달려와 현관문을 앞발로 긁어대며 반갑게 맞는다. 폴짝폴짝 뛰면서 허벅지를 차고 오르기도 한다. 그때 나는 그냥 있을 수 없어 좋아하는 간식으로 화답하고 품어 안는다.

가족 중에 한 사람이라도 귀가가 늦어지면 마지막 식구가 들어올 때까지 긴장하며 기다리는 미덕을 소유하고 있다. 기다릴 때에는 청노루처럼 귀가 쫑긋하지는 않지만 늘어진 귀를 움찔거리며 문에 바투 붙어 작은 소리도 감지하는 득청의 본성이 있다. 상대가 나의 소리만을 들어주길 바라는 세태를 꾸짖고, 무언의 교시라도 하듯이 동이와 찌아는 경청이 몸에 배었다. 마음에 들지 않은 것이 있으면 정해진 장소가 아닌 곳에다 오줌을 싸는 것으로 불만을 대신하기도 한다. 그리고 꾸지람을 들을 때면 금방 꼬리를 내린 채 식탁 아래로 숨는 눈치 구단이기도 하다. 하지만 달빛만 보면 꽃잎을 여는 달맞이꽃처럼, 주인의 눈빛만을 읽어도 살며시 품안으로 파고드는 애교쟁이다. 어찌 미워할 수 있겠는가?

네발짐승은 달리려는 본능이 있다. 집안에서 기르게 되면서 반려동물로 길들여져 있다고 하나 자유분방한 본능이 억압당하는 것 같아 애처로움을 떨칠 수 없다. 그래서 일주일에 한번 정도 시간을 내어 공원으로 산책을 간다. 외출의 낌새를 느끼면 온

집안이 소란하다. 먼저 문을 긁어대고 끙끙 소리를 내면서 목을 밖으로 휘젓는다. 빨리 나가자는 재촉의 몸짓이다. 아파트 엘리베이터에서 내리면, 경주마가 출발선의 문이 열리기만을 기다렸다는 듯이 둘은 귀털을 날리며 달린다. 그리고는 언제 왔는지 돌아와 주인을 확인하고는 또 다시 달린다. 또한 중간중간에 영역표시는 잊지 않는 세심함이 있다. 그것은 귀소본능에 충실하려는 것이다. 동물에서 배움이 어디 그것뿐이랴마는.

동이와 찌아로부터 내리사랑을 배운다. 새끼인 찌아는 이제 어미인 동이보다 튼실하고 밥도 더 많이 먹는다. 때로는 동이의 밥이나 간식을 빼앗아 먹기도 한다. 그럴 때면 동이는 모성애가 그득한 눈빛으로 지켜보는 너그러움에 익숙하다. 등을 타고 구르고 깨물어도 그것으로 행복해 한다. 찌아의 등짝이 동이보다 더 넓고 윤기가 흐른다. 아내가 특식을 준비하는 날에는 찌아는 제 몫은 게눈에 마파람 감추듯 하고는 동이 그릇을 넘본다. 그럴 때면 동이는 찌아를 쫓지 않고 슬그머니 자기 그릇을 내어준다. 동물이 인간에게서 배운 것인지, 인간이 동물에게 가르쳐 주었는지 모르지만 종족 보존을 위한 내리사랑은 거룩하기까지 하다.

동이와 찌아의 경제적 소비가 때로는 나를 능가한다. 나는 만원하는 찌그러진 동네 이발소에 다니지만, 동이와 찌아는 동물

병원을 이용한다. 일회 미용에 6만 원이 소요되고, 심장사상충 예방에다 잦은 병치레로 갈 때마다 10여만 원이 들어간다. 간혹 자식에게는 교육이란 미명 아래 용돈 좀 아껴 쓰라고 잔소리 하면서도 동이와 찌아에게 '너희들이 나보다 돈을 더 많이 쓴다'라고 하며 애정 어린 조크를 던지기도 하나 그 속에서 돈으로 살 수 없는 작은 행복을 줍는다.

동이와 찌아는 먹는 것 이외에는 욕심이 없는 무욕주의자이고, 몸이 아파도 아프다는 내색을 좀처럼 하지 않는다. 남을 미워하지 못하는 자비가 있고, 자기를 알아주는 사람을 위해 목숨도 아끼지 않는 충성심도 있다. 그리고 내일을 위해 걱정하지 않는다. 그것은 수도자의 경지이다. 끝없는 욕망의 늪에 허덕이고 작은 것에 일희일비 하는 나에게는 스승이고 때로는 신앙이다. 동이는 이제 같이할 시간이 많지 않다. 짧은 시간 서로의 체온을 느끼고 심장의 소리를 들으며 같이한 애증의 흔적은 행복이란 추억의 갈피에 접어 두리라.

매미

매미 소리는 세상의 모든 것을 끌어안는 포용력이 있다.
육자배기 장단에 맞추면 구성진 우리 가락이 되고, 7080의 음계를 덮으면
멋들어진 옛 추억의 노래가 된다. 그리고 K-POP에 포개면 젊은이가 열광하는
세계 속의 소리가 된다. 그 소리 안에는 궁상각치우의 동양 음계가 있는가 하면
음악의 거성 베토벤과 모차르트의 서양 음률도 담아낸다.

폭염이 연일 주의보를 넘어 경보로 이어지니 세상은 진종일 불가마다. 지난해까지만 해도 한여름 기온이 체온을 넘어선 적이 손꼽을 정도였는데 올해는 수은주가 화상을 입을 지경이다. 이 더위에 지구 저편 런던에서 찬물 같은 시원한 메달 소식이 없다면 불지옥이 세상을 삼켜버릴 기세다. 그래서인가 내리쬐는 햇볕이 따가울수록 사람들의 군더더기 행동조차 보이지 않은 공휴일 정오이다. 아파트 공원 정자에서 졸며 부채질하는 할머니의 손길 위로 매미가 목청을 돋우며 창공으로 더위를 토해낸다.

매미 소리에는 동료애가 배어 있다. 먼저 이쪽 나무에서 울기 시작하면 마치 운동장의 파도타기 응원처럼 옆 나무의 매미가

울어주고, 다시 다음 건너 나무로 옮겨간다. 그리고 이어졌다 그쳤다를 반복하는 것이 우리 춤의 진수인 부채춤과 흡사하다. 그 속에는 각자의 개성이 있으면서도 상대의 소리를 방해하지 않는 배려의 진수가 숨어있다. 매미 소리를 귀로 들으면 요란한 소음이지만 가슴으로 들으면 멋들어진 오케스트라가 된다.

또한 그 소리에는 인내가 묻어 있다. 7여 년을 땅속에 묻혔다가 나온 기다림의 환희일까? 어둠의 질곡 속을 일말의 불평 없이 번데기로 견디어 왔기에 7일간의 일생이 멋지고 아름답지 않겠는가? 인간이 800년간 땅속에 묻혔다가 사람으로 환생하여 80여 년을 산다면 어찌 지금처럼 살 것인가? 매미 소리에는 작은 욕심에 얽매여 촌음에 허둥대지 말라는 메시지가 묻어있다.

그리고 생을 예찬하는 고운 심성이 숨어 있다. 그에게는 가을이 없는 짧은 생이지만 소리 안에는 봄 여름 가을 겨울의 사계가 있고, 계절마다의 다른 소리를 담고 있다. 봄의 소리에는 종달새 울음 같은 씨 뿌림의 소망이 있고, 여름에는 정열의 태양 아래 속내를 숨겨 우는 두견이 울음이 담겨있다. 가을에는 남녘으로 떠나는 기러기 울음 같은 스산함이 있고, 겨울에는 하얀 눈이 내릴 때 떠나는 철새들의 애잔함이 묻어 있다. 며칠간이 생애 전부이고, 그 기간마저 장마철이 되어 한 번도 울어 보지 못한 채 생을 마칠 때도 있다. 하지만 애석해 하지 않는 너그러움은 신앙처럼 숭고하다. 또한 욕망의 그림자도 없으며, 무엇을 바라지 않고, 보다 더 좋은 것을 위한 소망도 없다. 다만 지금처럼 노래하는 것으로 행복해 한다. 무욕의 거룩한 기도이다.

내 어릴 적 매미는 소리 내어 우는 곤충 그 이상도 이하도 아니었고, 여름방학이면 채집해야 했던 과제물에 불과했다. 그때 매미를 잡기 위해 소꼬리의 긴 털을 뽑아 올가미를 만들어 긴 막대에 묶어서 매미를 잡으려 다녔다. 나무에 매달려 우는 매미를 발견하면 올가미를 매미 앞에 갖다 댄다. 그러면 매미는 더듬이 같은 긴 앞발을 움직여 스스로 올가미 속으로 머리를 집어넣는다. 그 순간 낚싯대처럼 잡아당기면서 매미를 잡았던 기억이 아슴푸레하다.

내 유년의 매미와 지금의 매미가 다른 것 같다. 모양이 그렇고 소리가 그렇다. 그때 매미 모습은 날렵하고 편안했으며 소리는 계곡의 물소리처럼 청량했다. 하지만 지금의 매미는 둔탁하고 불안하며 도회에 뒹구는 플라스틱 같은 오염된 소리로 들린다. 이는 변화된 환경 때문인지 스스로 진화한 것인지 알 수가 없다. 그러나 그 소리를 귀로 들으면 울음소리만 지긋이 눈감고 가슴으로 들으면 깊은 천성의 노래 소리다. 그것은 울어야하는 생이 아니라 노래로 살아야 하는 업보 때문이리라.

매미 소리는 세상의 모든 것을 끌어안는 포용력이 있다. 육자
배기 장단에 맞추면 구성진 우리 가락이 되고, 7080의 음계를 덮
으면 멋들어진 옛 추억의 노래가 되기도 한다. 그리고 K-POP에
포개면 젊음이가 열광하는 세계 속의 소리가 된다. 그 소리 안에
는 궁상각치우의 동양 음계가 있고, 음악의 거성 베토벤과 모차
르트를 있게 서양 음률도 담아낸다. 그리고 보다 깊은 내면에는
찬송가가 되기도 하고, 때로는 찬불가가 되어 천지를 아우르고
포용하는 보이지 않는 힘이 그 안에 녹아 있다.

정자에서 졸고 있는 할머니의 머리 위로 잠자리가 맴을 돈다.
세상의 시간도 따라 돈다. 그 시간 속으로 남은 삶의 잔상이 아
련히 그려진다. 정자 옆 나무에서 매미가 며칠 동안 목이 쉬도록
울어대더니, 많이 남지 않은 할머니의 시간처럼 자신의 시간이
생각났는지 마지막 목청을 더 높인다. 그 소리에 7월은 마지막
전설이 되어 하늘 위로 묻혀간다.

〈제10회 영남문학 수필 부문 등단〉

보금자리와 문門

어떤 생명체이든 자신만이 가지는 자신의 보금자리가 있다.
부엉이는 높은 바위 속이 그에게 제일 안락한 보금자리이고,
까치는 흔들리는 높은 나뭇가지 위가 가장 편안하다. 그리고
땅속에 사는 너구리는 어두운 그곳이 그들만이 누리는 최상의 보금자리이다.

고열에 시달리던 태양이 밤새 바닷물 속에서 체온을 식히고
산뜻하게 새로운 하루를 시작하는 7월의 아침이다. 차가운 바다
속에 몸을 담그지 않았다면 이글거리던 어제의 태양은 자체 고
열로 폭발했을 것만 같다. 뜨거운 태양을 바다의 차가운 가슴으
로 식혀 주는 자연의 치유력에 그저 고개가 숙여진다.

아침, 사무실 옥상에서 담배를 피우는데 머리 위로 떠오르는
태양이 벌써 도회의 아스팔트를 달군다. 여유로운 담배 연기 속
으로 시선을 붙잡는 것이 있다. 다름 아닌 참새다. 길가의 전봇
대 속 구멍으로 어미 참새 한 마리가 연신 들락거린다. 가만히
눈으로 다가가 본다. 어미는 먹이를 물고 날아와 전깃줄에 뒤뚱

거리며 자세를 잡고 앉았다가 건너편 구멍으로 시선을 고정시
킨다. 그리고 이내 폴폴 날아 구멍 속으로 찾아든다. 어린 새끼
는 본능적으로 어미의 낌새를 알아차리고 짹짹거리며 보챈다.
그 속에는 노란 칭얼거림이 있고 편안함이 있다. 추위도 더위
도 보금자리가 주는 그들만의 안락한 지저귐이 격양가처럼 들
린다.

어떤 생명체이든 자신만이 가지는 자신의 보금자리가 있다.
부엉이는 높은 바위 속이 그에게 제일 안락한 보금자리이고, 까
치는 흔들리는 높은 나뭇가지 위가 가장 편안하다. 그리고 땅속
에 사는 너구리는 어두운 그곳이 그들만이 누리는 최상의 보금
자리이다. 인간도 각자의 수준에 맞는 보금자리를 가지고 있다.
인간을 제외한 뭇 생명체의 보금자리는 세상과 보금자리를 나누
는 문이 없다. 문이 없다는 것은 외부로부터의 침입은 의식하
지만 보금자리 자체가 위험 요소로부터 격리되었기에 그럴 수도
있다. 하지만 그보다 소중한 것은 마음 문을 닫지 않음이다. 유
별나게 인간만이 보금자리를 만들고는 이중 삼중으로 문을 닫고
있다. 외부로부터 차단은 물론이고 내부로부터의 마음 문도 닫
는다. 그것을 인간들은 안락하고 편안한 보금자리라 부른다. 마
음을 닫고 사는 인간이 미물에게 배워야 할 것이 이것만이 아니
겠지만……

초가집이 올망졸망 어깨를 맞댄 고향! 시계 바늘을 유년의 시절로 돌려 보면 그때는 지금처럼 문을 걸어 잠그지 않았다. 담벼락이 있어도 높이가 낮아 아이들도 고개를 들고 뒷발을 세우면 어느 집안이라도 들여다볼 수 있었다. 대문이 있어도 보금자리와 세상을 갈라놓은 수단이 아닌 집 안에 사람이 있는지 없는지를 표시하는 것에 불과했다. 하지만 지금은 어떠한가? 아파트를 보면 교도소 철문 같은 출입문에 이중 삼중의 시정 장치를 해야 안심이 되고, 단독주택에는 담벼락 위로 철망을 둘러치고 외부 침입자가 있을 시 이를 알리는 전자 감지기와 그가 누구인가를 확인하는 CCTV까지 갖추는 완벽함을 보여주고 있다. 그렇게 철옹성 같은 보금자리에서도 안락함을 느끼지 못하고 불안해 하는 것이다. 제비가 처마 끝에 집을 짓고 편안하게 새끼를 키우는 모습을 지켜보면서도 아둔한 인간은 이를 배우지 못하고 있는 것이다.

자리도 사람의 격에 맞아야 그 자리가 편안하다. 자리가 사람의 능력에 조금 모자라거나 같은 수준이어야 그 자리에서 안락함을 느끼고 제대로 맡은 일을 원만히 할 수 있다. 그러나 자신의 그릇보다 큰 자리에 앉으면 맡은 일을 잘하지 못함은 물론이요, 결과적으로 그 자리에서 물러나게 된다. 보금자리도 그 사람의 격에 맞아야 한다. 옛말에 집이 거주하는 주인의 능력보다 필요 이상으로 크면 사람이 집의 기氣에 눌려 편안함을 느끼지 못하고 불안하여 하는 일이 잘 풀리지 않는다는 말이 있다. 여름이면 덥고 겨울이면 추운 높고 작은 전봇대 구멍 속을 드나드는 참새의 날갯짓에 배워야 함이 무엇이런가?

하늘을 나는 새들이나 심해의 물고기도 집이 있고, 땅속에서 살아가는 벌레들도 편안한 집이 있다. 그리고 모든 생명체에게는 나름의 안락한 보금자리가 있는 것이다. 그리고 그 자리를 중심으로 삶을 엮어 간다. 그래서 보금자리가 주는 제일이 편안함이다.

언젠가 12시간 비행기를 타고 호주를 다녀온 길이 있었는데 기내 화면을 통해 비행기의 현재 위치가 내비게이션으로 보이는데 일본 상공을 통과만 해도 대한민국에 가까이 왔다는 편안함을 느낀 적이 있고, 서울로 승용차를 가지고 출장을 갔다가 고속도로를 이용해 귀가할 때면 추풍령을 지나 경상도 땅에 들어서기만 해도 핸들에 자신감이 붙고 느긋해짐을 느낀 적이 있다. 이것이 생명체가 가지는 보금자리의 특성 때문일 것이다.

참새가 전봇대 구멍 속의 보금자리라도 먹이를 물고 집 가까이 오면 날갯짓에 힘이 솟고 눈동자는 빛이 난다. 나는 아파트란 콘크리트 요새에 살아가면서도 참새만큼 보금자리의 편안함을 느끼지는 못함을 부인할 수 없다. 까치도 흔들리는 나뭇가지 위에 둥지를 틀고 하늘을 이불 삼았지만 안락하기에 문을 만들지는 않았다. 만물의 영장인 나는 마음과 가슴을 열지 못한 채 꽁꽁 묶어 스스로를 가두고 있다. 진정 안락한 보금자리는 스스로를 가두지 않는 열림에서 찾아야 한다. 7월의 태양 아래 참새의 재잘거림이 주는 교훈이 바로 문을 닫지 않은 열림이리라.

시소

놀이터의 파란 시소 위에는 어린 딸과 엄마의 해맑은 웃음이 녹음처럼 싱그럽다.
이 모습을 할머니가 지켜보고 있다. 할머니는 어릴 적 당신이 생각났는지,
손녀의 웃음 때문인지, 지난 시간을 되돌리고 싶음인지
의미를 알 수 없는 잔잔한 미소가 입가에 묻어있다.

하늘이 파랗다 못해 눈〔目〕이 시리다. 하얀 백지에 흰 눈〔雪〕을 그리려면 흰색이 아닌 다른 색깔로 눈〔雪〕의 그림자를 그려야 눈〔雪〕을 그릴 수 있다. 둥실둥실 떠 있는 흰 구름이 없었더라면, 하늘인지 바다인지 구분이 되지 않는 티 없는 하늘이다. 가을도 아닌데 왜 하늘이 높아 보이는가 했더니 120년 만의 가뭄으로 목 말라 하는 대지에 어제 오늘 내린 비가 그간의 아픔을 씻어갔기 때문이다. 그 하늘빛에 몸과 마음을 던지고 싶은 바람까지 시원한 성하의 오후이다.

모처럼의 휴일 여유를 즐기며 아파트 앞 벤치에 앉아 익어가는 여름에 빠져 있다. 가벼운 내 마음에 눈이라도 맞추려는지 바

람이 나뭇잎을 통해 미소를 보내온다. 벤치 앞의 작은 어린이 놀이터에는 빨간색의 모자를 눌러 쓴 아담한 미끄럼틀이 있고, 앞뒤로 흔들거리며 탈 수 있는 돌고래와 아기 말이 어린 손님을 기다리고 있다. 오른쪽 10평 정도의 모래톱에는 아이들이 신발을 벗어던진 채 모래 속에서 웃음을 캐고, 수십 채의 두꺼비집이 지어졌다 없어지기를 반복한다. 한편 놀이터 왼편에는 예쁜 시소가 아래위로 오르내리며 행복한 하모니를 만들어 내고 있다. 시소 위로는 아이들이 더울까 봐 서너 그루의 큰 느티나무가 파란 손을 펼쳐 그늘을 만들어 주는 편안한 풍경이다.

시선이 머문 놀이터 속으로 지난날이 갑자기 포개진다. 남자아이들은 낡은 검정 고무신을 신고 굴렁쇠를 굴리며 시끄럽게 골목을 누빈다. 동네 어귀에는 여자 아이들이 고무줄을 받쳐들고 노래에 맞추어 폴싹폴싹 뛰며 고무줄놀이에 빠져 있다. 짓궂은 남자아이들이 고무줄을 끊고는 도망가던 때, 유년의 파란 그 하늘이 지금 이 하늘과 같다. 골목에는 아이들 웃음소리가 가득했고, 저녁때가 되면 엄마 누나가 아이들을 찾던 그 소리가 갑자기 환영처럼 들린다. 골목길 전체가 놀이터였던 내 어린 시절의 놀이터와 눈앞의 놀이터가 먼 과거와의 만남처럼 그려진다.

놀이터의 파란 시소 위에는 어린 딸과 엄마의 해맑은 웃음이 녹음처럼 싱그럽다. 이 모습을 할머니가 지켜보고 있다. 할머니는 어릴 적 당신이 생각났는지, 손녀의 웃음 때문인지, 지난 시간을 되돌리고 싶음인지 의미를 알 수 없는 잔잔한 미소가 입가에 묻어있다. 시소놀이 속에는 엄마의 배려와 사랑이 오롯이 녹아 있다. 아이가 시소 이쪽 끝에 앉아 있고 엄마는 저쪽의 끝이 아닌 중심 안쪽으로 앉아 있다. 시소 가운데를 기준으로 앉은 위치가 각각 다르다. 똑같이 앉으면 균형이 맞지 않아 시소 놀이가 불가능하기 때문이다. 당연히 그것을 모르는 아이는 두 발이 땅에 닿았다가 다시 힘을 주어 하늘로 튕겨 오를 때면 엄마와 똑같이 시소를 탈 수 있다는 자기만족에 빠져 연신 까르르 웃음을 토해낸다. 그럴 때면 엄마는 '옳지 잘한다'를 연발하며 아이와의 행복에 잠시 세상사를 잊는다. 자세히 보니 시소의 무게가 받침대로부터 균형을 이룰 때는 아래위로 흔들림이 없이 편안하다가도 균형이 깨어지면 땅에 닿는 시소 한쪽 바닥이 소리를 내면서 뒤뚱거린다. 그럴 때면 엄마는 앞으로 뒤로 거리를 맞추어 주는 것이다. 시소의 물리적인 중심에는 모녀 간의 행복도 기울임을 맞추어 간다. 시소놀이의 깊은 바닥에는 엄마의 마음과 눈높이가 자식에게로 맞추어지고 사랑이 더해지면 편안한 시소 놀이가 되는 것이다. 이 모든 것은 엄마의 사랑과 배려가 있기 때문이다.

유년의 명절날 색동저고리를 입고 하늘로 뛰어오르며 즐기던

널뛰기도 처음에는 누군가의 손을 잡고 시작한다. 양쪽의 무게와 마음 중심이 맞으면 담 너머 숨겨진 것들도 훔쳐볼 수 있는 높이로 오를 수 있었다. 이렇게 아름다운 놀이가 곁에서 보이지 않게 나를 가르쳐 왔다. 나는 도시에 있는 중학교에 들어갔을 때에도 내가 잘해서 들어간 줄 알았고 성장하여 평범한 직장인이 되고 부모님의 품 안에서 독립을 위한 날갯짓이 그랬다. 모두가 스스로의 노력만으로 이루어졌다는 자가당착에 빠져 있었다. 그 아둔함의 끝이 어디일까? 살아 숨쉬고 있으면서도 공기의 고마움을 모르는 것처럼……

고희를 넘긴 자식도 살아 계신 부모의 눈에는 늘 불안하고 걸음마하는 자식일 뿐이다. 내가 스스로 성장했다고 생각하듯이 자식 또한 내가 걸었던 길을 크게 일탈하지 않을 것이다. 옛날이나 지금이나 그리고 미래에도 부모는 처음처럼 늘 한결같다. 흰색의 도화지에 자식이란 흰 눈(雪)을 그리기 위해 자신은 정녕 다른 색깔로 숨어서 자식을 그려내는 숭고한 본능의 그림자로 남지 않을까?

할머니 시선은 맑은 하늘 위 구름에 닿아 있고 마음은 지워지지 않은 지난날을 더듬고 있는 듯하다. 한 사람이 위로 오르면 한 사람은 아래로 내려가는 평범한 시소 놀이지만 그 속에는 진리가 숨어있다. 거기에는 행복이 커지면 불행은 작아지고 불행이 커지면 행복이 작아지는 우주 안의 섭리도 담겨있다. 할머니는 머지않아 처음으로 돌아갈 것이고 아기는 엄마가 되고 엄마는 할머니가 되는 생로병사와 생과 멸의 섭리도 시소의 풍경 속에 묻어있다. 고단한 태양이 황혼을 만들어 내고 벌집 같은 아파트에 하나둘 불이 밝혀진다. 어두움이 깔리는 놀이터에 엄마는 아기를 위한 숨은 그림자가 되고 아기의 해맑은 웃음이 더해지는 시소 위로 행복이 박꽃처럼 피어난다.

거룩한 성자

프랑스의 유명한 디자이너 '장 폴 고띠에르'의 말처럼 '라벤더 향이 물씬한 옛것에 대한 향수' 같은 아련함이 있다. 익숙함에서 묻어나는 편안함도 중요한 이유 중에 하나일 거라는 나름의 생각을 가져 본다. 조강지처가 편안한 것처럼……

삼복더위가 힘에 겨운지 삼색등이 드르륵 드르륵 거친 숨소리를 토해 낸다. 아파트 상가 2층 모퉁이에 이발소가 자리잡고 있다. 내가 이곳 이발소에 다닌 지도 어언 20년이 흘렀다. 지금은 집에서 꽤 멀리 떨어져 있으나 시간을 만들어 이곳을 찾아 이용한다. 예전에 이발소 근처에 살 때부터 이용하던 곳으로, 지금도 굳이 이곳을 찾게 되는 이유가 있다. 그것은 머리를 깎고 면도를 할 수 있는 이발소가 흔하지 않은 것도 있지만 이곳에 오면 마음이 편안하고 가격이 비싸지 않은 것이다. 그러나 보다 중요한 것은 머리를 깎을 때마다 느끼는 이발사의 남다른 직업의식에 매료되었기 때문이다.

초기 유럽의 이발사는 이발을 하고 수술도 하는 외과의사의 일을 겸직했다. 그래서 이발소 삼색등(Barber's stripe)의 빨간색은 사람의 동맥, 파랑색은 정맥, 흰색은 신경을 상징했던 것인데 시간이 흘러 외과의사의 역할은 사라지고 지금의 이발소를 상징하게 되었다고 한다. 당대는 의사이고 이발사였으니 대단한 직업이었으리라. 하지만 지금 이곳의 이발사도 단순히 손님의 머리만 깎는 이발사가 아닌 거룩한 성자이다.

교인들이 멀리 이사를 가도 옛 교회를 찾아다니고, 불자가 몇 시간이 걸려도 다니던 사찰을 고집하는 모습을 이웃에서 보아 왔다. 산짐승이 옛 굴을 찾는 것이 귀소본능인데 우리 인간에게는 다른 연유가 있어서 일까? 생각해 보면 여러 가지 이유가 있겠지만, 프랑스의 유명 디자이너 '장 폴 고띠에르'의 말처럼 '라벤더 향이 물씬한 옛것에 대한 향수' 같은 아련함과 익숙함에서 묻어나는 편안함이 중요한 이유 중에 하나일 거라는 나름의 생각을 가져 본다. 조강지처가 편안한 것처럼……

그 이발소에는 갑년을 막 넘긴 이발사와 뒷일을 돕는 아내 면도사가 천직으로 살아가는 행복한 성소이다. 이곳 이발사의 자긍심은 대단하다. 찾는 사람 모두가 그의 손 아래 있으며, 계급이 높고 낮은 사람, 귀하고 천함의 구분이 없다. 그의 앞에 앉으면 똑같이 머리를 숙이고 눈을 감은 채 묵상하듯 다소곳하다. 그는 사람에게서 제일 소중한 머리를 만진다는 것에 남다른 애착이 있다. 이곳에 오는 사람들은 특별한 경우가 아니면 그저 두 눈 감고 편안하게 있으면 된다. 짧은 머리를 원하는 사람, 뒤로 넘기길 좋아하는 손님, 유별나게 요구 사항이 많은 사람, 각자의 취향과 특성을 빠짐없이 기억하는 직업의식이 남다르다. 이제는 의자에 앉아 있는 사람의 직업이 무엇이며 깊게는 가족사까지 꿰뚫고 있다. 때로는 점쟁이가 되기도 하고 예언자가 되기도 한다.

그에게는 탐욕이 없다. 손님이 많거나 적음에 개의치 아니하며 하루하루 가족과 같이 일하고 즐겁게 이발소 문을 닫을 수 있는 것에 만족해한다. 행복의 파랑새를 쫓기만 하는 나에게 비하면 그는 분명 성자다. 우스갯소리로 "둘이서 놀며 일해도 공무원보다 낫다"라고 하며 너스레와 웃음을 짓기도 한다. 그 웃음 속에는 안분지족을 아는 흰 가면의 천사가 숨어있다. 그는 간혹 일본의 예를 들기도 한다. 일본은 대장장이라든지 어묵장사 등 노동을 삶의 수단으로 살아가는 우리식의 혐오 직종이라도 선조가 하던 가업을 대물림하는 것에 대한 예찬이 종교처럼 숭고하다.

또한 미래에 대한 걱정을 빼놓지 않는다. 이발 기술을 배우는 사람이 없어 10년 후가 되면 이발소가 사라질 거라며 아쉬움을 토해 낼 때에는 한 사람의 직업인을 떠나 인류를 걱정하는 선각자의 외침으로 들려온다. 무엇보다 그에게서 느껴지는 참모습은 자신의 손 아래서 얼마간의 시간이 흐른 뒤 손님이 눈을 뜨고 머리를 보면서 흐뭇해하는 표정에 자신도 보이지 않게 미소를 지으며 그것으로 제일 행복해한다.

이발소 의자에 앉으면 눈앞의 거울에는 세상 속의 내가 보인다. 그 속에 나는 흰머리가 보이고 머리카락도 가늘어지면서 세파 속에 휩쓸려 살아가는 자신이고, 눈을 감으면 거울 저편으로 또 다른 내가 있다. 그 안의 나는 아직 청춘이고, 무언가를 하고자 하는 꿈과 열정이 살아 있는 약관의 젊은이가 되기도 한다. 더 자세히 보면 불혹의 인간이 되어 앉아 있기도 한다. 세상 속의 나는 머리를 깎고 다듬으며 외형을 가꾸는 데는 신경을 쓰면서 눈감으면 보이는 또 다른 나를 위해서는 어떤 매무새를 가꾸어 왔는지? 그리고 그 마음 밭에 자랄 무엇을 위해 어떤 씨앗을 뿌리고 있는지 돌이켜 보면 후자에는 소홀했음을 시인하지 않을 수 없다. 그래서 이발소는 나에게 예배당이 되기도 하고 때로는 법당이 되기도 한다.

이발소에 갈 때마다 어린 시절의 동네 이발소가 생각난다. 평소에는 붐비지 않지만 대목(명절) 아래는 마트의 깜짝 세일에 동네 아주머니들이 줄을 서듯 했다. 머리를 깎는다는 것은 이발 기계로 빡빡 미는 것이 이발의 전부였다. 그 시절 면도는 어른들이 하는 것으로, 기둥에 묶어 놓은 가죽에 쓱싹쓱싹 이발사의 면도날 가는 소리가 무섭게 들렸었다. 그러나 요즘 이발소의 면도기는 1회용으로 그런 무서움도 사라지고 예전에 비해 시설과 장비가 좋아졌다. 하지만 대부분의 남성들은 미용실이나 남성 전용 커트 집을 이용하니 세월의 변화를 실감할 뿐이다. 다시 지난 만큼의 시간이 흐른 뒤에는 어떤 모습들로 투영될까? 혼자 세월을 앞당겨 보지만 안개 속의 시계이다.

세월의 강물을 따라 저 멀리 피안의 언덕이 가까워지면 가뭄에 못물이 마르듯 이발소의 손님도 줄어들고 구도자 같은 지금의 이발사도 꿈속에서나 가위질을 하겠지? 하지만 자기를 철저히 비우고 행복해하던 아름다운 흔적은 어디라도 남겨질 것이다. 그 곁에서 돌아가던 삼색등은 마음이 가난한 사람들의 등대가 되지 않을까? 그리고 무심히 스쳐간 많은 것들은 보이지 않은 인연이 되어 세상 어느 모퉁이에 이름 없이 새겨지리라. 그때 나는 시공을 같이했던 뭇 사람들에게 무엇으로 기억될 것인가? 기도하는 마음으로 살아야 할 아둔한 중생은 드르륵거리며 돌아가는 이발소의 삼색등처럼 힘겹기만 하다.

녹슨 자물쇠

녹슨 자물쇠를 열고 어머니가 계시던 마당으로 들어서면 거기에는 정지된 옛 시간이 나를 맞이한다. 마당에 자라난 잡초의 어깨 위로는 고독이 묻어나고 원망의 눈빛이 숨어 있다. 그리고 주인 올 때를 생각하며 기다림으로 이어 놓은 거미줄 가닥이 처마 아래 처연하다. 하지만 그 속에는 매일 만나도 반갑게 주인을 반겨주는 강아지 눈빛 같은 해맑은 반가움이 눈길 가는 곳마다 새록새록 녹아난다.

녹이 슨다는 것은 못쓰게 되어 간다는 알림이다. 그리고 오래 되었다는 것이기도 하다. 연륜의 때가 묻었고, 어쩌면 자주 사용 하지 않았다는 증표이다. 붉게 녹슨 자물쇠가 파란 대문 고리를 두 팔로 잡은 채 외롭게 매달려 있다. 온몸으로 비를 맞으며 더 위와 추위에 맨몸으로 맞섰고, 텅 빈 집의 캄캄한 밤을 외로이 지켜왔다. 하지만 외로움보다 그를 더 못 견디게 했던 것은, 언 제 다시 찾을 거리는 기약조차 없었던 기다림이었으리라.

그리 오래되지 않았는데도 보름달이 수십 번이나 얼굴이 바뀐 것 같은 아련한 착각이 일렁인다. 아무도 찾지 않아 시간이 정지 되고 정적만이 흐르는 시골집을 찾아 대문 앞에 달린 녹슨 자물쇠를 마주하고 있다. 무엇이 그리 서러웠고, 한이 많았는지 고드름 같은 붉은 눈물을 글썽이며 쉽게 마음 문을 열지 않는다. 열쇠를 넣어 풀려고 하니 손사래를 치며 접근을 거부하듯 열쇠가 들어가지 않는다. 몇 번의 시도 끝에 겨우 열쇠를 꽂았으나 또 돌아가지를 않는다. 작은 돌을 이용해 자물쇠를 몇 번인가 두드리고, 내가 왔다는 말과 내 마음의 온기를 확인한 후에야 투박한 감각을 전하면서 마음의 빗장을 풀듯 고리를 열어 준다.

잠근다는 것은 속내를 드러내지 않겠다는 마음의 표현이다. 그 안에는 무엇인가 소중함이 숨겨져 있다는 것이며 어쩌면 가까이 다가서지 말라는 경고이기도 하다. 낯선 사람을 대할 때 동질감을 찾거나 자신을 해코지하지 않을 것이란 나름의 판단을 얻기 전에는 쉽게 마음의 문을 열지 않았던 것이 지난날의 나였다. 그럴 때에는 팔짱을 끼고 조용히 있는 것이 바로 마음의 문을 닫는 것이었다. 오늘은 자물쇠가 그렇게 팔짱을 낀 채 버티고 있어 자주 오지 못한 회한의 시간과 한판의 실랑이를 하게 된 것이다.

그런 자물쇠도 세월을 따라 변화를 거듭하고 있다. 변하지 않으면 사라질 거라는 압박감 때문일까? 미래학자 엘빈 토플러는 《부의 미래》에서 변화를 강조하고 변하지 않으면 사라질 것이라며 경고의 메시지를 전하고 있다. 쥬라기 시대에 지구상에 살았던 공룡은 힘이나 덩치가 작아서 살아남지 못한 것이 아니고 변화에 순응하지 못했기에 공룡이란 종種이 지구별에서 사라져갔다. 그 시절 작은 몸에 힘도 없이 숨어 살아야 했던 쥐는 아직까지도 종족을 번성해가고 있다. 들과 산속은 물론 인간 가까이에서 그들만의 세상을 만들어 가며 인간과 공존하고 있다. 이는 바로 변화에 순응해 왔기 때문에 가능했다.

옛날에는 나무 막대기 하나를 집 앞에 가로로 놓으면 그것이 자물쇠이고, 아무도 없다는 표시이기도 했다. 아직도 제주도 지방에서는 집을 나설 때면 긴 막대기 하나로 잠금을 한다. 자물쇠 하면 곡간을 지키던 투박하고 든든했던 유년 시절의 무쇠 자물쇠가 생각난다. 열쇠는 쇠꼬챙이나 딱딱한 것 아무것이나 쑤셔 넣어도 들어가기만 하면 쉽게 열리던 기억이 있다. 그때는 우리네 마음도 칼만 대면 빨간 속내를 보이는 수박처럼 쉽게 마음 문을 열곤 했는데 지금은 그렇지 못한 것 같다. 지금의 자물쇠는 다이얼이나 전자 감응장치를 이용한 초현대식으로 진화하고 있어 어디까지 어떻게 변화할지 초하에 자라는 죽순처럼 가늠이 어렵다. 이처럼 자물쇠가 곤충이 허물을 벗듯이 변한다고 해서 우리네 마음과 인정도 초현대식으로 바뀌어가는 것이 변화에 순응하는 것일까?

어머님이 살아계실 때 아파트로 모서와 며칠만 쉬어가라 하면 그러겠다고 쉽게 대답하셨다. 그런데 하룻밤만 자고 나면 베란다 창문을 연 채 멀리 하늘만을 응시하고 계시던 모습이 아지랑이같이 아른거린다. 그때 어머니의 마음은 벌써 자물쇠 잠긴 이 집에 와 계셨다. 어느 날 오실 때는 이번에는 일주일은 족히 묵어가겠다고 큰소리를 치셨는데 역시 하룻밤만 자고 나면 아니었다. 답답함을 눈으로 몸짓으로 말하셨고 시골로 데려다 주길 아이 조르듯 하셨다. 엘리베이터를 이용하여 밖에 나갔다가 들어 올 때 출입구 현관에 붙어 있는 자동 자물쇠 번호를 몰라 답답했을 것이다. 엘리베이터와 아파트 문 앞에서 다시 한 번 현대판 자물쇠에게 통과의례를 치러야 했기에 아들집에서의 하루가 그리도 길고 갑갑하셨으리라. 어머니의 마음과 삶의 무대는 들이요 산이었고, 물소리와 바람소리, 새소리는 삶의 찬가였다. 그러나 도회의 모든 것들은 높음이요 많음이며, 빠름으로 엮어지는 혼탁의 시간 자체가 몸에 맞지 않은 옷 같았고, 발에 맞지 않은 신발처럼 불편한 것이었다. 그런데 나는 나만의 편리한 세상을 어머니에게 강요했으니 불효가 어디 따로 있는 것이 아니었다. 사라진 것은 언제나 더 많은 아쉬움과 애착이 가듯이 어머님이 계시지 않으니 못 다한 효가 늘 슬픈 그림자로 아른거린다.

녹슨 자물쇠를 열고 그 어머니가 계시던 마당으로 들어서면 거기에는 정지된 옛 시간이 나를 맞이한다. 마당에 자라난 잡초의 어깨 위로는 고독이 묻어나고 원망의 눈빛이 숨어 있다. 그리고 주인 올 때를 생각하며 기다림으로 이어 놓은 거미줄 가닥이 처마 아래 처연하다. 하지만 그 속에는 매일 만나도 반갑게 주인을 맞아주는 강아지 눈빛 같은 해맑은 반가움이 눈길 가는 곳마다 새록새록 녹아난다.

같은 하늘 아래 두 개의 시간이 공존한다. 자물쇠가 채워졌던 시골집 안에는 정지된 시간이 있고, 밖에는 유성 같이 빠르게 흐르는 시간이 있다. 바쁨을 핑계로 자주 찾아주지 못함에 야속해 하는 녹슨 자물쇠의 표정을 읽는다. 외로운 독백이 붉은 눈물로 엉켜 있고, 오랜만에 왔을 때에는 쉽게 마음의 문을 열어주지 않는다. 두드리고 만지며 누구인가를 확인하고서야 문고리에 매달려 있는 두 팔을 슬그머니 놓는다는 새로운 사실을 배운다. 그런 시골집 자물쇠가 외로워하는 속내를 어찌 모를까마는 알면서도 그 외로움을 지켜주지 못하는 것은 그리움의 온도가 높지 못했기 때문이리라.

자물쇠는 변해야 생존할 수 있으나 우리네 향심鄕心은 변화의 반대편에 있어야 생존할 수 있다. 어쩌면 변화하지 않은 것이 진화이고 창조이다. 오늘 자물쇠의 눈물을 보면서 바쁨을 핑계로 다시 찾는 발걸음을 게을리하지 말라는 경고임을 알았고, 자물쇠의 붉은 눈물이 내 마음의 눈물로 이어지지 않아야 되겠다는 다짐이기도 하다. 그리고 기도한다. 자주 찾을 것이니 옛정을 버리지 말고, 그 품안의 하얀 시간을 오래오래 퇴색되지 않게 고이 빗장 걸어 두길…….

화장장火葬場에서

검은 양복과 검정 치마저고리를 입은 사람들의 마지막 이별을 고하는
애끓는 소리에 명복공원의 나뭇가지가 흐느끼고 잎에서는 눈물이 떨어진다.
그리고 골짜기 아래에서는 때 이른 뻐꾸기가
영별永別의 애석함을 구슬픈 울음에 담았다.

"삼가 고인의 명복을 빕니다. 어떤 금품이나 청탁도 일체 받지
않습니다. 저희들의 인격을 생각해 주십시오. 명복공원 직원일
동"이란 문구가 보이는 이곳은 대구의 시립 화장장 일명 명복공
원이다. 시신이 태워질 화로 앞의 안내 간판의 글귀를 보니 투명
유리 속의 금붕어처럼 속이 보인다. 그리 멀지 않는 시간, 사람
이 생을 마감하고 육신이 한줌의 재로 바뀌는 이곳에서도 안타
까워하는 유가족의 심리를 이용한 얕은 사회 현상이 있었음을
안내 간판이 말해주고 있다. 화장장에서 알싸한 마음을 보듬으
며 뜻밖의 병마와 싸우다 간 친구가 인간 본래의 모습으로 바뀌
는 순간을 지켜보기 위해 명복공원에 와 있다.

살아가면서 세상에는 속내를 보일 수 있는 친구가 과연 몇 명이 있을까? 지금 이곳 싸늘한 유기체로 관속에 누워있는 친구는 사회에서 만난 직장의 동기이다. 하지만 서로의 마음을 내보이는, 어쩌면 나보다 더 나를 좋아해 주던 그런 친구였다.

친구야, 우리는 관중과 포숙아 만큼의 우정에는 미치지 못해도 나름의 내 안에 네가 있었다고 이야기하고 싶다. 마지막 너의 모습을 본 것이 4일 전이었다. 그날도 퇴근하면서 입원 중인 네가 생각나서 곧장 핸들을 병원으로 돌려 얼굴을 마주한 것이 생에 마지막이 될 줄 몰랐다. 그날 너도 나처럼 내가 보고 싶어 병수발하던 아내에게 나를 오라고 몇 번이나 채근했다지. 그런 너를 보고 아내는 근무하는 친구에게 전화를 할 수가 없어 몇 번이고 병실 밖을 내왕하면서 전화를 했다는 거짓말을 하며 너의 다그침에 대신했단다. 그래서 내가 너의 병실을 찾았을 때 너는 생뚱맞게도 전화 받고 왔느냐고 물었지. 그것이 무슨 말인지를 한참 후에야 알 수 있었다. 그날 너의 마음과 내 마음이 보고픔이란 분모로 잠시 포개어졌던 것은 긴 이별을 준비하기 위한 예고이었나 보다. 너를 보내고서야 알았다. 그날 같이 있었던 짧은 시간을 뒤로하고 돌아설 때는 말할 수 없는 찡함이 가슴 한구석에 오래 여울졌었다. 친구야! 네가 숨을 멈추고 차가운 병원 영안실에 있었던 이틀 동안 세상의 작은 이치를 다시 한 번 깨달았

단다. 옛말에 "정승집 개가 죽으면 손님이 문전성시를 이루고, 정승이 죽으면 파리만 날린다"라는 말이 빈말이 아닌 현실임을 다시 지각했었다. 그러나 너무 서러워 마라. 사랑하는 아내 그리고 아들과 딸이 있어 너의 흔적을 간직할 것이다.

　명복공원은 대구 수성구에 위치한 곳으로 대구구치소와 도로 하나를 사이에 두고 마주보고 있다. 도로를 경계로 우측은 구치소이고 좌측은 화장장이다. 구치소는 세상에서 잘못을 저지른 인간에게 자유를 박탈하여 신체를 구금하는 장소이고, 화장장은 인간 세상에서 잘못을 저지른 사람에게 벌을 주는 곳인가? 아니면 영원한 자유를 주는 곳인가? 그 갈림의 기준이 어떤 것인지 누구나 알고 있는 것 같기도 하지만 아무나 알 수 없다. 아마 그것은 신의 영역이리라.

　이곳까지 오는 방법도 여러 가지다. 외제 리무진을 타고 오는 사람, 장의버스를 이용하는 사람, 여기도 가난한 사람과 부자의 구별이 있고, 귀하고 천함이 있는 것인가 생각하니 마음이 아파온다. 잠시 후면 똑같이 한줌의 재로 변해버릴 것인데 마지막 끝까지 삶의 팍팍함을 같이해야 하는구나 생각하니 세상 풍경이 무서운 파도가 되어 밀려온다. 그러나 확실한 것은 여기에서는 선과 악이 없고 짧고 긴 것도 필요 없다. 이런 생각조차도 부질

없음을 산 아래 바람이 전해주고 신록이 그 푸르름으로 말해주고 있다.

친구야, 네가 숨쉬던 이 세상, 지금 네 옆에는 검은 양복과 검정 치마저고리를 입은 사람들의 마지막 이별을 고하는 애끓은 소리에 명복공원의 나뭇가지가 흐느끼고 잎에서는 눈물이 떨어진다. 그리고 골짜기 아래에서는 때 이른 뻐꾸기가 영별永別의 애석함을 구슬픈 울음에 담았단다. 그러나 친구야, 아쉬워 마라. 이곳 울타리에는 5월의 장미가 꽃망울을 터트릴 준비를 하고 산허리 안개 속에서는 얼핏 아름다운 무지개가 만들어지는 것은 너의 편안한 영면을 위한 기도이리라.

네가 한줌의 재로 변해지는 이 시간, 너의 옆에서 어깨를 들먹이며 너와의 작별을 아쉬워하는 사람이 있다. 그리고 피붙이와 인연을 접은 이 순간 한 발치 화장장 고개 너머에는 새로운 생명이 태어나는 또 다른 세상이 있다. 친구야 너의 아버지도 할아버지를 잃었을 때 지금처럼 슬퍼했지만 세상에서 너를 만나고는 그 슬픔을 망각의 언덕으로 묻었다지. 그리고 너 또한 아들딸을 얻어 기뻐하며 지난 슬픔을 위로했듯이, 지금 슬퍼하는 너의 예쁜 아들딸도 하늘이 무너지는 슬픔을 딛고 세상의 질서 속에 너의 분신을 이어갈 새로운 생명을 만들어 갈 것이다. 그리고 지금의 슬픔에 버금가는 기쁨으로 오늘의 슬픔 또한 잊혀질 것이다.

친구야. 인간사 오십보백보이다. 그리고 생여사生如死 사여생死如生이란 옛말을 믿고 싶구나. 그러니 단 한걸음 네가 빠를 뿐이다. 기다려라 나도 한 치의 이탈 없이 네가 갔던 그 길을 따라 갈 것이다. 아니 가야만 한다. 내가 가거든 그때는 친구가 아닌 선배로서 저승에서 살갑게 살아가는 삶의 질서나 가르쳐 다오. 그리고 오늘의 슬픔을 만남의 기쁨으로 거기서 이야기하자꾸나.

화장장의 흐느낌이 메아리 되어 가슴을 후비고, 생사의 번뇌 속을 헤맬 때 몇 번 유가족 분골실로 오라는 전광판의 번쩍이는 글자만이 애달픈 사람들의 가슴을 오려내고 있다.

스카이 댄서

살며시 내려 않은 어둠 속에
오색 불을 밝힌 네온사인 아래로는
고단한 도우미와 스카이 댄서의 춤사위가 절정을 향하고,
나는 자신도 모르게 덩달아 그 춤 속에 빠져 있다.

슬픈 일에는 감히 나타나지 않습니다. 당신은 새로운 출발입니다. 그리고 수고로움에 대가를 바라지 않으며, 꿈이고 행복이며 넘치는 에너지입니다. 또한 나눔과 배려의 아름다움을 설파하고 있습니다. 나는 지금 당신의 춤사위에 빠져 가던 걸음을 멈추고 당신의 마음속을 헤맵니다.

오늘은 부부 동반으로 자주 얼굴을 대하던 세 가족이 모처럼 휴일에 여유를 호사하며 저녁 약속을 했다. 약속 장소가 집에서 차를 타고 가기에는 조금 가깝고, 걸어서는 40분쯤 걸리는 거리다. 아내와 걸어갈까 차를 타고 갈까를 얘기하다가 걸어가기로 하고 시내 길을 걷고 있다. 뒤돌아본 삶은 늘 이러했다. 하나의

선택은 하나의 포기를 의미하듯이 차를 포기하고 걸음을 선택한 것이다. 시곗바늘을 되돌려 보니 거의 모든 것이 그러했음을 알 수 있다. 어려서 학교를 선택할 때에도 이 학교를 갈까 저 학교를 갈 것인가로 고민을 했다. 성년이 되어서도 이 직업을 택할까 저 직장을 택할 것인가를 두고 선택과 포기의 길목에서 선택이란 외줄을 걸어왔다. 지금 같이 걸어가는 아내도 그때는 이 사람을 택할까 저 사람을 택할 것인가를 두고 상심해야 했던 대상이었으며 지금의 아내를 선택한 것 또한 예외이지 않다. 뒤돌아보니 그 길은 어머님의 손길 아래 애환을 엮어내던 길쌈의 갈래처럼 천 갈래 만 갈래다. 아내 또한 그러했으리라 생각하며 걸음을 옮긴다. 느긋한 걸음걸이에 아내가 살며시 팔짱을 걸어온다. 깊어가는 저녁 도회의 가로등이 하나둘씩 눈을 껌벅이며 이 밤을 준비하고 지천명의 한가로운 부부의 걸음걸이를 지그시 지켜보고 있다. 이럴 때에는 모른 척하고 그냥 걸어가는 것이 평소 나의 모습이다.

걷던 걸음을 멈추게 한 곳이 있다. 다름 아닌 전자상가와 음식점들이 어깨를 맞댄 대구 칠곡 3지구 일명 신흥도시에 새로이 영업을 시작하는 길모퉁이 전자상가 앞이다. 출입구 가운데에는 반달 모양의 오색 풍선으로 대문을 만들어 놓았고, 가운데는 작은 연대가 꾸며져 있다. 그 위에서는 늘씬한 다리를 자랑하듯 멀건 하체를 다 들어낸 앳된 소녀가 춤을 춘다. 한 손에는 탬버린을 흔들어대며 신나는 디스코 음악에 온몸을 맡긴 채 무아지경에 빠져 있다. 그 소리와 춤이 무엇인지를 알면서도 길손들은 잠시 걸음을 멈추고 시선을 고정시킨다. 신호 대기 중인 차량 운전자들도 창문을 내린 채로 시선이 머물다가 빨리 출발하라는 뒤차의 경적 소리에 화들짝 핸들을 다시 잡는다. 개업 가게의 음악 소리는 신호기 하나쯤 멀리서도 들릴 만큼 요란스럽다. 유독 내 눈을 고정시키는 것은 춤추는 도우미 옆에서 나도 질세라 두 팔을 벌리고 허리를 굽혔다 펴기를 반복하며 춤 속에 흠뻑 빠져있는 스카이 댄서(기계로 공기를 뿜어내면 그 공기의 양과 시간에 따라 팔을 벌리고 춤을 추는 광고물)이다. 춤추는 행사 도우미는 언뜻 보아 이팔청춘의 소녀로 보였는데 세상에 직장 얻기가 힘겨워 광고대행 업체에 아르바이트 형식으로 일하는 것이 보통이라고 한다. 이들은 하루 종일 서서 춤을 추어야 하기에 일을 마치면 발이 퉁퉁 붓고 다리에 알통이 생긴다는 이야기를 누군가로부터 들은 기억이 있어 안쓰러움이 더해 온다. 그런 아가씨 옆에서 오늘 아침부터 지금까지 쉬지 않고 춤사위에 빠져 있는 스카이 댄서는 나의 시선에는 아랑곳하지 않고 주어진 춤가락에 빠져 있다.

훨씬한 키에 군살 없는 스카이 댄서가 내게 보내는 의미는 어떤 인간보다도 당당하고 꿋꿋하다. 나약해져 가는 나에 비하면 한없는 힘의 원천이다. 비가 오거나 눈이 오나 바람이 불어도 주어진 임무에 충실한 것은 작은 고난에도 쉽게 지쳐버리는 나에게 불굴의 의지를 잃지 말라는 무언의 춤사위가 아닐까? 그리고 세상 물정과 시선에도 아랑곳하지 않은 의연함이 있다. 세상은 남의 눈을 의식해서 하지 않아야 할 일도 해야 하고, 해야 할 일도 하지 않을 때가 있으나 스카이 댄서는 남의 시선에는 초연한 채 주어지 임무에 최선을 다한다. 그는 한 번씩 허리를 굽힐 때마다. 푸륵 푸륵 목까지 올라온 숨소리를 참으며 타인을 위한 노동의 수고로움을 마다하지 않는다. 또한 그의 춤 속에는 남을 위한 헌신과 나눔이 녹아있다. 아래에서부터 바람이 들어오면 두 팔을 통해 손목으로 적당히 바람이 빠지는 기능이 있다. 이렇게 빠지는 공기의 흐름은 스카이 댄서가 허리를 폈다가 굽히는 동작이 된다. 이런 동작의 연속이 스카이 댄서의 춤사위다. 공기가 들어오기만 하고 빠지지 않으면 춤이 될 수 없듯이 무엇인가 채우기만 하고 베풂이 부족한 나에게 보살행을 실천하라는 메시지가 아닐까?

세상에서 가장 이상적인 부부는 맹인 남편과 농아 부인이라는 이야기가 있다. 이는 서로의 단점을 상대를 통해 보완해가는 아름다운 헌신 때문일 것이다. 아담한 소녀 도우미와 키 큰 스카이 댄서는 부조화 속에서도 멋진 조화를 이루며 춤판을 만들어 간다. 아래로부터 주입되는 공기가 팔을 통해 빠지지 않으면 그저 뻣뻣한 공기 튜브가 될 것이고, 공기의 흐름에 강약이 없으면 허리를 굽혔다가 펴는 멋들어진 춤꾼은 상상할 수 없기 때문이다. 어떤 부를 손안에 넣는 데만 혈안이 되어 있고 나보다 어려운 이웃에게 눈길조차 주지 않은 나눔이 부족한 나에게 바람의 빠짐으로 만들어지는 손놀림은 성자보다 더 거룩하다. 그리고 공기 흐름이 빠르게만 흐르지 않고 느리게 흐를 때가 있다. 이는 바쁘고 분주히만 살아가는 나에게 쉬었다 가기를 일처럼 하라는 히말라야 산속의 셀파들처럼 조금의 늦춤도 필요하다는 춤의 언어이다.

살며시 내려앉은 어둠 속에 오색 불을 밝힌 레온사인 아래로는 고단한 도우미와 스카이 댄서의 춤사위가 절정을 향하고, 나는 자신도 모르게 덩달아 그 춤 속에 빠져 있다. "여보, 그만 갑시다"라는 아내의 채근에 정신을 차리니 연리지같이 살갑게 살아가는 아내의 엷은 살내음이 내가 사는 세상임을 말해주고 있다.

〈제13회 경찰문예대전 수필부문 수상〉

3부
계절을
거두며

석송령

마을 어귀에 놀던 어린 손주가 석송령 주위를 돌던
할머니를 언제 보았는지 달려와 손을 잡는다.
2세목과 손주의 모습이 실루엣처럼 겹쳐지면
그 속으로 윤회의 깊은 강이 흐르고, 강물 속으로 또 하나의 가을이 익어간다.

세월의 풍상을 묵묵히 견디어 온 소나무 한 그루가 의연하다.
나무가 재산세를 내고 있다는 바로 그 석송령이다. 천연기념물
제294호 예천군 감천면 천향리에 뿌리를 내린 지 600년, 가슴둘
레 4.2m, 높이 10m나 되는 반송, 일명 부자나무의 신상명세서
다. 그 주위를 지팡이를 짚은 할머니가 머리카락을 연신 쓸어 올
리며 무슨 사연이 있는지 나무 둘레를 돌고, 할머니 머리 위로
가을 햇살이 따사롭게 내려앉는다.

추색이 깊어가는 시월 중순의 휴일, 그리운 첫사랑을 찾아 떠
나듯 그 나무를 찾아 나섰다. 마음은 하늘의 구름마냥 가볍고 천
지는 가을빛으로 도도하다. 그곳에 도착한 시간은 10시가 조금

넘어서다. 거기에는 사람의 왕래가 잦은 듯 나무 둘레를 쇠 울타리로 보호하고 있다. 주변에는 높다란 은행나무와 단풍 몇 그루가 옹기종기 이마를 맞댄 채 가을 시어를 토해내고, 어린 2세목 두 그루는 모송의 피가 흐르는지 자태가 꿋꿋하다. 그 옆으로 높다란 피뢰침이 나무의 소중함을 말해주고 있다.

600년 전 풍기 지방에 큰 홍수가 났었다. 그때 석관천石串川에 떠내려온 어린 소나무를 어느 과객이 건져 심은 것이 천향리의 동신목洞神木이 되었다. 1930년에는 '이수목'이란 마을 사람이 무슨 사연인지 알 수 없으나 자신의 소유 토지 6,600㎡을 석송령에게 상속하여 기이하게도 나무가 토지를 가지게 되었다. 그 당시 보통사람은 땅 한 마지기도 귀하여 소작을 하던 시절인데 아마 평범한 나무가 아니었음을 알 수가 있다. 그로 인해 세금을 납부하는 지구상에 유일한 부자나무로 자리매김하고 있는 것이다.

카메라에 소나무의 모습을 담는다. 세월의 무게 때문인지 아니면 수많은 가지 때문인지 알 수 없으나 객사 기둥 같은 콘크리트 지주도 모자라 쇠 지주대 30여 개가 몸을 받치고 있다. 붕대를 감아 깁스를 한 듯 불편한 모양이다. 흐르는 시간 앞에 장사가 없다더니 석송령도 그 길을 비켜나지 못하는 것일까? 한줄기

가을바람이 갑자기 안쓰러움이 되어 불어온다. 하지만 자세히 보면 다른 소나무에서 찾을 수 없는 신령한 기가 느껴지고 생과 멸의 섭리를 진작 지득한 것 같아 보통 소나무로 보이지 않는다. 할머니가 석송령 둘레를 도는 이유가 바로 그 신령한 기 때문이 아닐까? 지난 세월에 감사해하고, 자식들의 평안을 빌고 있었으리라.

렌즈 속 깊숙이 피사체를 당겨 본다. 껍질이 윤기를 잃어 거북이 등짝 같다. 그 조각 하나하나에 세월이 담겨 있고, 세상일들이 빼곡히 적혀있다. 마디에 옹이처럼 웬 가지가 그리 많은지 궁핍한 시절에 자식이 줄줄이 달린 것과 같다. 셔터를 누르려는 순간 노란 소나무 잎들이 하나둘 떨어지고, 떨어진 잎사귀 그 자리에는 여린 새순이 보인다. 그 순간이 끝이고 끝이 곧 시작임을 몸으로 말해 준다. 경전 속에 있어야 할 윤회의 법칙이 거기에 있었다.

사람은 나이가 들면 잠이 줄고, 청력과 시력이 약해지는 반면 말수가 많아진다는데, 석송령도 그럴까? 바람에 일렁이는 가지 끝으로 옛말이 생각난다. 늙으면 보고 듣는 것이 적어야 그만큼 잔소리가 줄어든다던데 이는 창조주의 섭리일까? 석송령도 달관의 경지에 이른 듯하다. 보고도 못 본 척 듣고도 못 들은 척하며 그저 말없이 있어야 할 자리를 묵묵히 지키고 있다. 그 위로 고추잠자리 한 마리가 가을빛에 유영하고 노란 잎사귀는 가을을 품고 떨어진다.

석송령의 가지 사이로 부는 솔바람에 사명대사의 "청송사"가 생각난다.

소나무가 푸르고 그 초목 또한 군자이니, 서리와 눈이 내려도 시들거나 썩지 않음이로다.
서리와 눈이 내린다 하여 더 무성하지 아니하고, 시들지도 않고 무성하지도 않음이로다.
겨울과 여름에도 내내 푸르기만 하니 푸른 소나무에 달이 두 둥실 떠오르면
금빛 채질하고 거르는 것과 같으니 바람이 불어오면 거문고 소리가 울려옴 같아라.

석송령의 처진 어깨 아래로 지난 시간이 펼쳐진다. 소백산 줄기에서 몰아치는 설한풍이 불어도 그때는 추위를 몰랐고, 석관천의 물이 마르는 갈증의 계절도 쉽게 참을 수 있었다. 설한풍은 패기로 맞섰고, 갈증은 한줄기 비로도 충분이 이겨내던 강건한 시절이 있었다. 그러나 지금은 예전만 같지 않다. 가지를 흔드는 삭풍의 계절이 오면 삼동을 어찌 견딜까 걱정이 앞서고, 갈증을 참아내는 인내력도 예전만 못함을 스스로 느낀다. 삶이 다 그런

거라고 자위를 하면서도 순간순간 스치는 계절의 변화 앞에 자꾸만 작아지는 자신을 보고 놀란다. 그러나 그것도 잠시다. 선조 소나무들이 모두 그렇게 살다가 초연히 사라져 간 그 길을 지득한 때문이다. 생각이 거기에 이르니 계절의 순환은 오히려 작은 행복이다. 이런 보이지 않는 힘은 어디서 오는 걸까? 그것은 바로 눈앞에 뿌리를 내리고 힘차게 기지개를 하는 2세목이다. 2세목이 곧 삶이고, 축복이라고 바람이 전해준다.

600년간 자신을 키우고 보듬어 주던 하늘과 땅, 그리고 물과 바람과 함께 고단했던 지난날을 반추하며 정한의 이야기를 하고 싶어 한다. 지긋이 눈감은 석송령 앞에 여린 2세목 두 그루가 뿌리와 가지에 힘이 솟고, 마음은 벌써 청춘이다. 마을 어귀에 놀던 어린 손주가 석송령 주위를 돌던 할머니를 언제 보았는지 달려와 손을 잡는다. 2세목과 손주의 모습이 실루엣처럼 겹쳐진다. 그 속으로 윤회의 깊은 강이 흐르고, 강물 속으로 또 하나의 가을이 익어간다.

〈제4회 경북문화체험 전국 수필공모대전 수상〉

가을비

가을비는 정거장이다. 정거장하면 먼저 떠오르는 것은 오는 손님을 맞는
반가움의 장소이며 떠나는 사람을 보내야 하는 이별의 갈림길이기도 하다.
기적소리를 앞세우고 기차가 플랫폼에 들어서듯이
가을은 비를 앞세우고 그렇게 찾아온다.

10월의 끝자락에 비가 내린다. 강우량이 전국 평균 50미리나
되고, 부산지방에는 100미리가 내려 가을비로는 백년 만에 가장
많이 내렸다는 소식이다. 한 발짝씩 다가와 여름을 알리는 봄비
와는 달리, 가을비는 한 번 내릴 때마다 겨울이 두 걸음씩 다가
온다. 이는 무엇 때문일까? 그것은 아마 계절이 주는 스산함 때
문일 것이다.

사무실 창가를 타고 흐르는 빗물이 떠나는 가을의 흔적이다.
뿌연 창가 너머로 비를 맞고 서 있는 가로수와 멀리 아스라한 팔
공산이 부르르 몸을 떤다. 우산을 받쳐든 가을 사람들의 모습이
한 폭의 수채화가 되고, 빗속의 바람이 차가운지 잰걸음에 옷깃

을 세운다. 미처 우산을 준비하지 못하고 버스에서 내리는 사람들은 벌집을 건드린 후 뒤좇아 오는 벌을 피하듯 조급하고, 그 뒤를 따라 가을비가 바쁘기만 하다.

가을비 속에는 신비한 색감이 담겨져 있다. 은행잎에 뿌려지면 노란색이 되고, 단풍잎에 내려앉으면 마술같이 알록달록해진다. 이 가을을 은행같이 노랗게 보낼 것인지 아니면 알록달록하게 보낼 것인가는 개인의 마음에 따라 채색될 수 있다는 믿음이 녹아 있는 듯하다. 그 색깔 따라 사람들도 단풍 같은 차림으로 이산 저산 가을 품속을 파고든다. 가을 단풍은 만남 그것으로 지친 일상의 그림자를 씻고 새로운 다짐과 에너지를 얻기 때문이다.

한편 지조가 있는 소나무에게는 가을비도 화가의 능력을 발휘하지 못하는 모양이다. 소나무에는 아무리 색을 뿌려도 미동조차 하지 않은 채 푸름 그것으로 시종일관 변함이 없다. 우리네 삶에도 계절이나 기분에 따라 카멜레온처럼 변하는 사람이 있는가 하면, 환경과 기분에 쉬이 동화되지 않고 묵묵히 자신의 길을 가는 사람이 있다. 어떤 경우가 옳고 그른 것인가는 제쳐두고 가을비 속에서 꿋꿋한 소나무의 기상이 의연하다.

가을비는 계절을 채찍질한다. 세상 속의 가을은, 봄과 여름을 지나 겨울 초입에 잠시 머뭇거리다 떠나는 나그네다. 요즘 계절은 춘하추동이 아닌 춘하하동동春夏夏冬冬이 되어 버린 느낌이다. 봄은 희미하나마 존재가 보이고, 여름은 짜증과 열기 속에서 길게 이어지며, 가을은 간이역에 기차가 지나가듯 잠시 얼굴을 내밀고는 그렇게 지나가고, 겨울 또한 길게만 이어지는 모습이 요즘의 사계다. 새싹을 틔우는 유년의 봄을 지나 꿈과 정열의 여름을 먹고 겨울을 준비하는 길목에 가을비는 늘 그렇게 바쁜 채찍질 속에 서 있다.

나에게도 세상모르고 뛰어놀며 자라왔던 봄 같은 유년시절이 있었다. 그때는 내 스스로 자라는 줄 알던 철모르는 시절이었고, 30~40대 청년시절은 세상을 향해 바쁘게 달리고, 눈은 높은 곳에만 맞춘 채 세상모르게 지나온 여름 같은 긴 여행의 계절이었다. 지금 가을비로 세상이 변화를 맞듯이 나의 인생에도 가을을 맞고 있다. 가을비가 세상의 색깔을 바꾸고, 나의 가을은 하얀 은총이 머리 위에 서린다. 계절이 가을을 지나 겨울을 피할 수 없듯이 나 또한 인생의 저 겨울을 빗겨가지 못할 것이다.

가을비는 정거장이다. 정거장하면 먼저 떠오르는 것은 오는 손님을 맞는 반가움의 장소이고 떠나는 사람을 보내야 하는 이별의 갈림길이기도 하다. 기적소리를 앞세우고 기차가 플랫폼에 들어서듯이 가을은 비를 앞세우고 나그네처럼 찾아온다. 그 길에 낙엽이 따라 오면 마음 한 조각도 낙엽이 된다. 구르몽의 낙엽 밟는 소리가 들릴 것만 같은 것은 보내야 하는 계절의 아픈 이별 때문이다. 가을비는 찬바람을 안고 오고, 바람 따라 옷의 두께가 달라진다. 정들었던 가을 손님은 떠나고 겨울 나그네를 맞이해야 하기 때문일까? 가을비가 정거장의 애잔한 기적소리가 되어 멀어져 간다.

낙엽 하나가 떨어질 때마다 가을이 서서히 줄어들고 외로운 오동잎 낙화에 떠나는 가을이 담겨져 있다. 어두움이 떠나지 않은 새벽 출근길, 전장으로 출병하는 전사 같은 환경미화원이 생각난다. 엑스 자 야광 어깨띠를 군복처럼 입고 포도 위를 뒹구는 낙엽을 분주히 빗질하던 그 수고가 눈앞을 스친다. 나는 그 낙엽이 좋았다. 시인에게는 낙엽이 시어가 되고, 화가는 낙엽으로 캠퍼스를 메우기도 한다. 하지만 환경미화원들에게는 짐이 되어 찾아오는 계절의 불청객이다. 낙엽이 누구에게는 풍요로운 시어가 되고, 어떤 사람에게는 노동이 된다. 그리고 스스로에게는 업보이며 윤회의 길이리라. 생각의 빈자리에 겨울을 향한 가을비가 이별의 눈물을 훔친다.

희뿌연 하늘 아래, 추적추적 내리는 가을비는 그 줄기만큼이나 많은 사연을 담고 있다. 그 속에는 낙엽이 있고, 기러기의 스산한 날갯짓과 삶의 애환이 녹아있다. 나의 가을은 비를 앞세우고 이렇게 왔다가 빗속으로 그렇게 멀어져 가고, 가슴속에 추억의 나이테 하나를 남긴 채 홀연히 떠나간다.

가로등

그의 깊은 가슴에는 기쁠 때 즐거워할 줄 아는 희喜가 있고, 정의에 분개할 줄 아는 노怒가 있다. 한편 눈물샘이 있어 슬픔이란 자극이 오면 눈물 흘릴 줄 아는 애哀가 있으며, 아무도 없는 깊은 밤이면 때로는 두려움에 몸을 떠는 구懼도 있다. 그리고 아픔을 알면서도 사랑을 멀리하지 않는 속 깊은 애愛가 있으며, 싫은 것은 가식 없이 표현하는 어린애 같은 오惡도 있다. 또한 생명체가 가지는 욕慾도 예외이지 않다.

가로등은 사려가 깊다. 마음속에 피어나는 헛된 생각을 깨끗이 지우고 무無의 상태가 되어 공空의 경지에 이르는 참선자이다. 그리고 심心이 늘 깨어 있어 경敬의 상태를 유지하며 정좌하는 수행자의 모습으로 투영되기도 한다. 때로는 자신의 마음을 지키고 기르는 지양持養의 표상이 되어 늘 거기 묵묵히 서 있다.

열대야가 세상사를 짜증나게 하는 팔월 중순, 후텁지근한 날씨 탓인지 옷을 벗고 사는 원시인이 되고 싶은 마음을 추스르며 아파트 주위를 걷고 있다. 한 바퀴 돌면 10여 분이 걸리는 이 길을 자주 거닐곤 한다. 느티나무 가로수가 많아 산속을 걷고 있다는 착각이 들고, 곁에는 작은 공원까지 있어 나름의 여유를 느끼는 호사는 덤이다. 거기다가 나약한 심사까지 달랠 수 있으니 1+2가 아닐까? 직업상 초저녁에는 시간이 없고 덥기도 해서 자시 경에 자투리 시간을 만들어 걷는다. 그렇게 걷는 것은 운동이란 일면도 있지만, 낙엽처럼 조각난 생각을 모아 보는 일석이조의 맛이 있어서 더 좋다. 그 길가로 언제나 변함없이 지키고 보아주는 가로등이 있다. 오늘은 가로등이 쉬지 않고 쏟아내는 거룩한 가르침에 잠시 마음을 빼앗긴다.

그에게는 다른 사람의 불행을 불쌍히 여길 줄 아는 측은지심惻隱之心이 있다. 염천과 눈 내리는 엄동설한의 모진 날에도 쉬지 않고 그 곁을 찾아와 자리를 잡는 사람을 기억한다. 그는 아파트 주민을 상대로 과일을 팔아 살아가는 낡은 화물차의 과일 장수를 잊지 않는다. 또한 며칠에 한 번씩 찾아와 한줌의 상추와 푸성귀를 파는 등 굽은 할머니를 어머니로 생각한다. 그는 곁을 스치는 삼라만상에 대해 무엇을 어떻게 해줄 것인가를 사고하는 깊은 고뇌가 있다.

그리고 의로우며 착하지 못함을 미워하는 수오지심羞惡之心이 있다. 그는 두 눈을 부릅뜨기도 하고 지그시 감기도 하며 세상을 지켜본다. 누군가가 허리가 아프도록 나일론 줄을 온몸에 꽁꽁 묶어도 내색하지 않고 참아낸다. 술 취한 이가 발길질을 해도 아프다는 말조차 삼간다. 또 허락 없이 신체 이곳저곳에 알록달록한 종이를 갖다 붙여도 미워하지 않는다. 어두운 밤에 남몰래 행동을 할라치면 갑자기 두 눈을 부릅뜨고 노려보기도 한다. 그의 몸에는 인내하고 불의를 보면 참지 못하는 의로운 피가 흐르고 있다.

한편, 겸손하며 덕으로 양보할 줄 아는 사양지심辭讓之心이 있다. 밤과 낮, 계절이 바뀌어도 언제나 고개를 숙이며 우직하게 서 있는 겸양이 있고, 태양이 찾아오는 시간이 되면 스스로 몸을 낮추며 눈을 감고 기도하는 겸손이 몸에 배어 있다. 또한 세상사를 꿰뚫어 보는 혜안이 있어 모든 것을 알고 있지만, 일언의 기회가 찾아와도 침묵으로 일관하는 덕스러움을 품고 있다.

그는 옳고 그름을 가릴 줄 아는 시비지심是非之心이 있다. 그의 옆을 조석으로 찾아와 지저귀며 서로 옳다고 우겨대는 새들의 독선적 행동을 알고 있기에 때로는 바람과 빗소리에 빗대어 이야기해 준다. 그러나 새들은 막무가내다. 그의 얘기에는 아랑곳하지 않고 툭하면 그의 머리 꼭대기에 앉아 아니라고 우기기도 한다. 그리고 누구가로부터 배우지 않아도 스스로 체득한 양능養能을 지켜가는 성현이다.

때로는 생명체의 의미는 무엇이며, 말하고, 사고하는 능력을 소유한 인간은 무엇인가를 생각하게 한다. "생의 시작은 하늘에 구름 한 조각이 생긴 것과 같고, 생의 끝은 하늘에 구름 한 조각이 없어지는 것과 같다. 뜬 구름 자체는 실체가 없으니 생사의 오고 감이 이와 같도다"라는 게송을 바람에게 부탁하여 읊기도 하나 몽매한 나는 지득하지 못하고 있을 뿐이다.

　그의 깊은 가슴에는 기쁠 때 즐거워할 줄 아는 희喜가 있고, 정의에 분개할 줄 아는 노怒가 있다. 한편 눈물샘이 있어 슬픔이란 자극이 오면 눈물 흘릴 줄 아는 애哀가 있으며, 아무도 없는 깊은 밤이면 때로는 두려움에 몸을 떠는 구懼도 있다. 그리고 아픔을 알면서도 사랑을 멀리하지 않는 속 깊은 애愛가 있으며, 싫은 것은 가식 없이 표현하는 어린애 같은 오惡의 심성도 있다. 또한 생명체가 가지는 욕欲도 예외이지 않다. 단지 그는 깊은 속내를 웅변보다 강한 정좌와 참선을 통해 외치고 있을 뿐이다.

도토리

30년 전 어머니가 줍던 도토리나무 아래서 내가 그 도토리를 줍고 있다. 앞으로 30년이 지나면 머리가 희끗희끗해진 딸 다혜가 이 나무 아래서 혹여 도토리를 주울까? 그리고 그때도 지금 나처럼 이런 생각을 할까? 도토리나무도 지금처럼 변함이 없을까? 생각이 30년 전후를 오가길 반복할 즈음, 갑자기 시원한 바람과 함께 모자 쓴 머리 위에 도토리 한 알이 툭 소리를 내며 떨어진다.

먹고사는 것이 고단했던 내 어린 시절 그때는 도토리로 만든 묵도 한 끼 식사였다. 그것도 한 조각 더 주지 않나 하여 어깨 너머로 힐끗힐끗 보며 마음 졸이던 때였다. 어머니는 가을 들판에서 일을 하다가 짬을 내어 도토리를 주웠다. 그때 동네 어귀에는 나이를 알 수 없는 늙은 팽나무가 서 있었고 언덕배기 그 바위산 위에는 도토리나무가 동네를 굽어보고 있었다. 어머니는 그 도토리 나무 아래서 잡초에 얼굴을 긁히면서 귀한 보물을 줍듯이 도토리를 한 보자기씩 주워 햇빛이 드는 툇마루에 모으셨다. 그리고 한 말 정도 되면 동네 정미소에서 보드랍게 갈았다. 그렇게 갈아진 도토리 가루는 구멍이 뚫린 붉은 고무 다라이에 담고, 식구들은 돌아가며 물을 부어 도토리의 떫은 맛을 우려내었다. 그때 우려져 나온 도토리 물이 꼭 마구간 안에 고이던 소 오줌 같았던 기억이 난다. 30년 전 어머니가 줍던 그 도토리나무 아래서 추억을 더듬으며 내가 어머니처럼 도토리를 줍고 있다

오늘을 일요일, 모처럼 시간을 쪼개어 술과 과일을 준비하여 고향에 있는 부모님 산소를 찾았다. 한여름 파랗던 잔디가 그 빛을 잃어 가는 계절이다. 산소 앞에 준비한 술 한 잔을 따르니 직장을 핑계 삼아 자주 와보지 못한 회한이 잠시 스친다. 부모 자식 사이 100%의 정情 중에 부모는 자식에게 90을, 자식은 부모에게 10의 정을 쏟는다고 한다. 반대로 자식이 부모에게 90의 정을 쏟고, 부모가 자식에게 10의 정을 쏟으면 인간이란 종족은 번성해 가지 못하는 것일까? 그래서 부모는 자식에게 당신의 전부를 주고도 늘 아쉬워하는 것이 인간을 만든 창조주의 섭리인가? 잠시 만감이 교차한다.

산소가 있는 양지 바른 언덕 위 바위산의 풍경도 변한 것과 변하지 않은 것이 있다. 늙은 팽나무는 도로 확장으로 베어 없어졌고, 도토리나무 아래 붉은 마사토가 알몸을 드러내고 있었으나 지금은 잡초가 그득한 것이 변한 것이다. 변하지 않은 것은 그 언덕배기 위에 아름드리 도토리나무는 예전처럼 알토란 같은 도토리를 떨구고 있는 것이다. 인간은 하루에도 수십 번 변덕을

부리는데 세월을 보내도 변하지 않는 것이 있다는 듯이 도토리 나무는 그 자리에 그렇게 서 있었다. 그리고 앞으로 십 년, 백 년 세월이 몇 번 흘러도 또 그렇게 서 있으리라.

올해는 봄의 일기가 고르지 못해 도토리 결실도 예년만 못하다. 다람쥐나 산속 가족들의 겨울나기가 걱정이라는 어느 방송사의 저녁 뉴스를 생각하며 많지도 않는 도토리이지만 조금만 주워야겠다는 생각을 했다. 그러나 도토리를 주우면서 그 생각은 어디를 갔는지 사라졌다. 초등학교 시절 소풍가서 선생님이 숨겨 놓은 보물찾기를 하듯이 풀숲을 뒤지며 도토리를 줍느라 등골에 땀이 흐르는 줄도 몰랐다. 최근에는 그것도 나이를 먹어서인가 여러 징조들이 나타난다. 뒷머리에는 잘 나지 않던 땀이 조금만 움직여도 나고 머리카락도 붓처럼 가늘어지면서 그 양도 자꾸만 줄어든다. 머리 감고 거울을 보면 동네 마을 공터 같은 빈자리가 조금씩 생기는 걸 보면 변할 수밖에 없는 인간이 보인다. 하지만 산과 물을 품은 자연은 어찌 그리 변함이 없는가?

풀 속에 숨어 있는 도토리의 매끄러운 촉감을 손끝으로 느끼며 작은 주머니에 담았다. 두어 되박은 될 것 같다. 주머니를 비우기 위해 엉덩이를 편하게 땅에 대고 등에 메고 있던 가방을 열고 도토리를 다시 작은 등산 가방 안에 담는다. 한 해 땀 흘려 지은 농사를 수확하는 농부의 마음이 이런 것인가? 땀 흘리지 않고 자연이 지어 놓은 농사를 잠시 와서 훔쳐 가는데도 이런 기분이니…….

어저께 아내 친구 이야기로 지난주에는 도토리 한 말에 5만 원이었다는데 지금은 2만 원도 되지 않는다고 한다. 그러니 이것이 무슨 돈이 될까? 하지만 두어 대박이 20만 원이나 되는 것 같은 기분은 무엇일까? 부모님 산소 위 그 옛날 어머니가 주우시던 그 장소, 그 가을과 골짜기, 그 바람 아래서 주운 것이기 때문일 게다. 어느 애연가는 담배는 산에서 땀 흘리고 피워야 제맛이라는 이야기가 생각났다. 주머니를 뒤져 담배 한 개비에 불을 댕겨 깊게 빨아들인 후 하늘을 향해 내뿜는다. 피어나는 담배 연기속으로 하늘에는 담배 연기보다 더 하얀 구름이 도토리나무 꼭대기에 걸려 풍요로운 가을로 피어난다. 나는 잠시 사념에 잠긴다. 30년 전 어머니가 줍던 그 도토리나무 아래서 내가 그 도토리를 줍고 있다. 앞으로 30년이 지나면 머리가 희끗해진 딸 다혜가 이 나무 아래서 혹여 도토리를 주울까? 그리고 그때도 지금 나처럼 이런 생각을 할까? 이 도토리나무는 지금처럼 변함이 없을까? 생각이 과거와 미래를 오가길 반복할 즈음, 갑자기 시원한 바람과 함께 모자 쓴 머리 위에 도토리 한 알이 툭 소리를 내며 떨어진다.

은행나무

계절의 변화를 몸으로 느낄 즈음이면 온몸을 순금으로 물들이고
열매를 하나둘 버린 뒤 마지막 잎마저 떨구고
찬바람 앞에 당당하게 서는 의연함,
그 속에는 무소유의 길을 마다하지 않는 처연함까지 녹아있다.

하늘에 노란 가을이 열렸다. 가로등 불빛을 받아 노란 잎으로
수줍게 단장하고 속 핏줄 까지 보여주는 은행이 가을 한가운데
서 있다. 계절과의 이별을 위해 숨김도 부끄러움도 훌훌 벗어 던
졌다. 삼복의 고통을 승화시켜 온몸으로 에너지를 태운 결과이
다. 햇볕이 따사로워지는 봄소식이 올 즈음이면 어린 초록의 새
순을 피워 올리고, 비오고 천둥치는 칠팔월의 터널을 지나면서
동그란 알들을 잉태하기 시작한다. 그리고 시월이 시작되면 계
절의 아픔을 속으로 삭인 채 온몸을 불사른다. 담금질이 더해질
수록 금의 순도가 높아지듯 봄 여름 가을이란 풀무에 온몸을 담
근 후 계절의 교차로에 서면, 파란 겨울의 직진 신호에 한 치의
주저함도 없다.

아파트 앞에 가로수로 심어져 내 곁에서 계절의 이정표가 되어준 은행나무가 올해도 어김없이 계절에 젖고 있다. 지금 살고 있는 아파트로 분양을 받아 이사를 온 지가 10년이 되었다. 아파트를 짓기 전에 택지 개발을 하면서 도로를 먼저 내고 가로수로 이 은행들을 심었으니 십이삼 년은 되었을 것이다. 아파트 둘레로 동쪽과 남쪽의 가로수는 느티나무가 심어져 있고, 서편으로는 단풍나무, 북쪽으로는 은행나무가 심어져 있다. 택지개발을 하면서 조경수를 도로별로 수종을 달리하여 식수를 했으니 누구인지 모르지만 선견지명이 있는 사람이 아니었나 생각한다. 삭막한 회색의 도회에 이렇게 수종별로 군락을 이루어 서로 기대며 계절을 보낼 수 있어 얼마나 정겨운가? 곽곽한 도시인에게 계절 따라 풋풋한 정을 주며 살아가게 하였으니 그분의 심안에 존경을 가질 수밖에 없다. 내일 하루도 내다보지도 못하는 나에게 비하면 그분은 분명 선각자일 것이다.

은행은 그냥 그렇게 서 있는 것이 아니었다. 세상을 향한 손짓 몸짓이 없더라도 듬직이 서 있음이 곧 설법이다. 나무는 보통 한 그루에 암수가 같이 있는 자웅동주이지만 은행은 암수 나무가 각각 떨어져 자라는 자웅이주 식물이다. 수나무는 멀찌감치 떨어져 암나무를 지긋이 지켜주는 미덕을 소유하고 있고, 암나무는 그렇게 떨어져 있어도 그것이 사랑인 양 수나무에 대한 깊은 사랑을 잊지 않고 열매로 화답한다. 이는 선비의 기풍과 양반댁 규수의 품성을 닮은 것 같다. 그리고 행복한 연정은 부끄러워 속으로 숨기고 노란 잎을 태워 가슴을 불사른다.

　은행은 버릴 것이 없는 나무이다. 열매가 그렇고 잎과 나무가 그렇다. 열매는 빌로블이란 성분과 은행산을 내포하고 있어 가을이 되면 고약한 냄새를 풍기며 나무 아래로 떨어진다. 열매가 떨어지는 나무 아래에는 이종 식물이 자라지 못하도록 하는 독소를 내포하고 있다. 이는 종족 보존의 본성이 숨겨져 있는 것이다. 말하지도 움직이지도 못하지만 본능에 얼마나 충실한 것인가? 자식을 버리고 부모를 유기하여 세간의 원성을 사는 인간에 비하면 그 깊은 심성을 배우고 지득해야 할 가치가 아니겠는가? 노란 잎은 한약재의 원료로 쓰이고 나무는 멋들어진 장기판의 재료로 쓰이기도 한다. 그 어느 하나 버릴 것이 없는 것이다. 자신을 위한 일은 누구나 하지만, 남을 위해 자신을 버리는 일은 누구나 할 수 없다. 그렇지만 은행은 그 고매한 이상을 몸소 실천하는 것이다. 더하여 깊은 곳에는 비움의 철학이 녹아 있다. 계절의 변화를 몸으로 느낄 즈음이면 온몸을 순금으로 물들이고 열매를 하나둘 버린다. 그리고 마지막 잎마저 떨구고는 찬바람 앞에 당당하게 서는 의연함, 그 속에는 무소유의 길을 마다하지 않는 처연함까지 녹아있다.

팔랑거리며 여유롭게 떨어지는 순금 잎사귀 따라 유년의 은행이 주마등처럼 스쳐간다. 초등학교 3학년으로 기억된다. 그 당시는 교실이 부족하여 야외로 수업을 다녔는데 학교에서 조금 떨어진 달성 서씨 정자를 교실로 이용했었다. 그 정자 앞에는 몇 백 년의 가을을 보냈는지도 모르는 기력이 쇠잔한 은행나무가 있었다. 봄이면 몇 개의 여린 가지에 잎을 피우고 가을이면 알과 잎을 소리 없어 떨구던 그 은행이 생각난다. 사람들은 그 나무 둘레에 새끼줄을 치고 소원을 빌곤 했었다. 무소유를 실천하는 것만으로도 숭배의 대상이 되었을까? 그 나무 앞에서 두 손 모아 소원을 빌며 그것이 이루어지길 바라는 기복 신앙의 대상으로 은행나무를 섬겨왔던 것이었다. 그때 어린 나는 그 나무 앞에 서노라면 무언지 모르게 마음이 경건해지고 고개를 숙여야만 편안했던 기억이 아슴푸레하다.

작든 크든 황금은 소유만 하면 움켜잡은 손을 펼 줄 모르는 것이 나 자신이고, 그것을 알면서도 갖고자 하는 욕망의 늪에서 헤어나지 못하고 있다. 은행나무에서 무엇을 배우고 실천해야 할 것인지? 익숙한 행복 때문인가? 행복의 언저리에 있으면서도 행복을 느끼지 못하는 깊고 넓지 못한 나의 모습이 그림자처럼 어른거린다. 생의 끝을 모르는 은행의 노란 낙하를 보면서, 삶의 끝이 보이는 나는 무엇을 내려놓아야 하는지? 비움의 고귀함을 노란 귓속말로 전하는 듯하다. 가로등의 눈빛 박수를 받은 밤의 은행은 더 없이 행복해 보인다. 길 가던 누군가가 나무에게 발길질을 하면 아픔의 내색 없이 노란 축복을 내리는 그 혜량함, 어떤 사람들은 그를 배경으로 사진을 찍기도 한다. 그럴 때에는 의젓한 신사나 귀부인이 되어 미소를 보내 주는 덕스러움을 잊지 않는다. 그 베풂의 나무 아래로 나의 가을도 노란 은행을 앞세워 순금 빛으로 물들어 가길 바라면 너무 큰 소망일까?

비벼진다는 것

비벼진다는 것은 나 외의 다른 것을 위해 자신을 숨죽이는 것이다.
콩나물과 무채, 배추나물과 산나물이 자기만의 맛을 내면
맛있는 비빔밥이 되지 않는다. 각 재료의 맛이 숨겨지고 모두를 위해
함께 비벼질 때 참 비빔밥이 된다. 거기에 된장과 고추장 참기름이 더해지면
오미五味가 은근히 베이는 맛깔 나는 비빔밥이 탄생한다.

파랗게 높고 넓은 하늘 캠퍼스에 하얀 구름이 곱게 녹아있는
11월 초 공휴일이다. 산에는 활엽수를 시작으로 노랗고 빨간 물
감을 풀기 시작하고 들에도 황금으로 색깔이 비벼지기 시작한
다. 모처럼 휴일 점심을 걱정하는 아내에게 어디 간단하게 해결
할 곳이 없느냐고 했더니 깔끔한 비빔밥 집이 있다고 하여 한 끼
를 해결하기로 했다. 둘은 걸어서 도회의 가을 길을 나섰다. 가
로수인 플라타너스와 은행나무, 느티나무와 단풍나무가 각각의
빛깔을 자랑하고 있고 그 빛깔은 눈길 닿은 곳마다 가을을 빗고
있다.

비빔밥 집은 깔끔하고 맛있기로 소문이 난 터라 점심시간이

임박하면 줄을 서야 한다기에 여유 있게 도착하였으나 벌써 많은 손님들이 자리를 잡고 있었다. 일하는 아주머니는 우리가 앉자마자 먼저 뚝배기에 담긴 숭늉을 내려놓으면서 메뉴판을 건네온다. 1인당 5천 원이라는 보리가 섞인 비빔밥을 주문했다. 비빔밥 하면 하얀 쌀밥의 비빔밥보다는 푹 퍼진 보리의 촉감이 입안에 감기는 보리 비빔밥이 추억처럼 구수하다. 가을에 걸맞은 숭늉 맛에 빠져 있을 때 깔끔한 나무 소반에 비빔밥의 재료와 반찬이 나온다. 시금치와 배추 절임 등 여섯 가지 채소가 나오고, 강된장과 두부비지찌개에 굴비 두 마리로 소담한 상을 메운다. 큰 그릇에 각종 채소와 밥 한 그릇을 엎고는 고추장과 참기름을 넣고 숟가락에 힘을 주어 비빈다. 비빔밥은 그렇게 잘 비벼야 제 맛이 난다, 우리네 삶처럼.

비비는 숟가락질에 어릴 적 비빔밥의 추억이 떠오른다. 모심기를 하거나 농사일로 품을 사는 날이 아니면 간단한 비빔밥을 자주 먹곤 했다. 아버지와 나에게는 겸상을 차려 주고 어머니와 누나 여동생은 큰 양푼이에 같이 먹었다. 양푼이에는 배추와 몇 가지 채소를 손으로 뜯어 가득하게 엎으면 온통 나물이었고 밥알은 간혹 보이는 비빔밥을 만들었다. 거기에는 양식을 아끼려는 절약이 숨어 있었지만 그때는 나물이 많아야만 비빔밥이 맛있는 줄 알았다. 나물을 듬뿍 넣은 그릇에 멸치 대가리 몇 점 보이는 된장과 고추장을 넣어 팔에 힘을 주고 비비면 배추나물이 풀이 죽으면서 그렇게 맛있는 비빔밥이 되었다. 어떻게 저 밥을 다 먹을까 염려 아닌 염려를 하곤 했었다. 이마에 땀을 흘리며 그렇게 맛있게 먹던 그 시절의 비빔밥, 그것은 오롯이 밥의 의미를 넘어 가족의 사랑이 담겼고 정을 비벼 만들었기에 더 맛있었다.

비벼진다는 것은 나 외의 다른 것을 위해 자신을 숨죽이는 것이다. 콩나물과 무채, 배추나물과 산나물이 자기만의 맛을 내면 맛있는 비빔밥이 되지 않는다. 각 재료의 맛이 숨겨지고 모두를 위해 비벼질 때 참 비빔밥이 된다. 거기에 된장과 고추장 참기름이 더해지면 짜고 달고 시고 맵고 쓴맛이 은근히 베이는 맛깔 나는 비빔밥이 탄생한다. 우리는 자신을 드러내지 않고 같이 섞여지는 그런 식문화에 젖어 있다. 이는 민족혼과도 일맥상통하는 것이 아닐까?

비벼져서 좋은 것은 여러 가지가 있다. 콘크리트도 아무리 좋은 시멘트와 모래가 있을지라도 섞여지지 않으면 아무런 의미가 없다. 물이 더해져 몸과 성질이 섞여지면 백 년을 거뜬히 견디는 콘크리트가 생겨나는 것이다. 계절도 섞여질 때 멋이 있다. 봄은 연초록의 계절이고, 여름은 푸른 실록으로 멋을 내지만 가을은 세상의 색깔이 모두 섞여진다. 그러면 단풍이란 아름다운 풍광을 만들어 내는 것이다. 사람들도 개인이 빛을 내는 것도 아름답다. 하지만 여럿이 모여 만들어 내는 카드 섹션이나 집단 체조, 태권도 군무를 보노라면 한 층 깊은 섞여짐의 맛을 느낄 수 있다. 빨주노초파남보의 색깔 하나하나도 개성 있지만 비벼져 섞여지면 영롱한 꿈의 무지개를 만들어 낸다. 소리 또한 예외일 수 없다. 심금을 울리는 오케스트라는 여러 가지 악기가 각자 소리를 내되 상대방의 소리를 방해하지 않고 섞여질 때 영혼을 깨우는 음악이 되는 것이다. 모두가 나란 존재를 낮추고 숨죽이는 나 외의 다른 것을 위해 섞여질 때 더 깊고 높고 진한 아름다운 멋과 향기를 만들어 내는 것이다.

가정에도 식구들 모두가 비빔밥처럼 잘 비벼지면 웃음꽃이 피고 행복한 가정이 만들어질 것이다. 부부지간에도 서로의 개성만이 존중되면 트러블이 생긴다. 그러나 남편은 아내를 아내는 남편을 위해 자신의 존재감을 낮추고 숨죽여 섞여질 때 고소한 참 부부의 맛이 나지 않을까? 거기다가 할아버지 할머니가 계셔서 숙성된 된장 같은 맛을 더할 수 있는 가족이라면 더 향기로울 것이다. 한걸음 더해 봄의 푸성귀 같은 손자들의 싱그러움이 있어 같이 비벼지면 한결 감칠맛 나는 가족이란 비빔밥이 되지 않을까? 나의 비빔밥에는 잘 비벼지고 은은한 맛을 내는 된장 같은 어머니가 계셨다. 지금은 같이 비벼질 아버지와 어머니가 계시지 않지만 나와 아내, 자식이란 단순한 재료로 어떻게 맛깔 나는 비빔밥을 비벼낼 수 있을까? 나는 빈 그릇을 앞에 두고 생각에 젖어있고, 마주 앉은 아내는 비빔밥에 취했는지 숟가락질이 더디다. 아마 부부란 비빔밥을 위해 마음속으로 맛있게 비빔밥을 비비고 있었으리라.

산성山城의 돌

내 상념의 사이를 비집고 나비 한 마리가
얽혀진 산성의 돌 위를 넘나든다.
장주의 나비처럼 어머니가 꿈속의 나비로 환생하신 것인가?
어머니에 대한 그리움이 계사년의 가을빛에 깊어만 간다.

흰 구름도 여유로운 9월의 끝자락, 고태가 의연한 가산산성을 찾았다. 고추잠자리가 옥수수 나리 위에 날갯짓을 멈춘 채 추색에 젖어 있고, 유난히 무더웠던 여름이 떠난 자리, 밤나무에는 알토란 같은 붉은 밤송이가 가을을 재촉하고 있다. 파란 하늘이 산자락에 내려앉는 경북 칠곡군 가산면 팔공산 서쪽 계곡에 축성된 가산산성 앞에 서있다. 산성은 내성, 중성, 외성으로 구성되어 있으며 외성은 4㎞나 되는 천연 요새이다. 400여 년 전에 축성된 자태가 늠름한 외성의 남문 앞에 몸과 마음이 섞여 쌓여진 성벽을 마주하자 쇠붙이가 자석에 붙듯이 지난 시간 속으로 빠져든다.

산성은 삼국시대부터 축조되기 시작하였다. 험준한 지형을 이용하여 적의 공격을 약화시켜 항전함과 동시에 민간인의 피난처로 이용해 왔다. 산성 안에는 곡식과 무기를 준비해 두는 군창軍倉과 계곡물이나 우물은 필수 조건이다. 길게는 토지도 마련하고 식량까지 조달할 수 있게 하여 지구전持久戰에 대비하는 것이 특징이다. 처음에는 흙으로 축성하다가 늦게는 돌을 이용하여 보다 견고한 방어선을 구축하기에 이르렀다. 가산산성의 중성은 영조 17년에 관찰사 정익하의 상제에 의해 왕명으로 축조되었고, 외성은 숙종 26년(1700년) 관찰사 이세재가 왕명을 받들어 축조하였다. 축조된 돌들 하나하나에 애환과 의미가 담겨 있는 듯하다.

성곽의 돌들은 자신의 존재는 드러내지 않고 주변의 돌들과 몸과 마음을 맞추는 자기희생이 있다. 큰 돌 옆에는 작은 돌, 작은 돌 옆에는 큰 돌이 자리를 잡았고, 모난 돌 옆에는 모난 돌이, 네모진 돌 옆에는 반드시 네모진 돌이 서로의 몸을 맞추고 있다. 지금과 같은 장비와 기술이 없었던 옛날에 어떻게 저토록 정교하게 돌을 쌓았을까? 그 속내가 궁금하기도 하다. 자세히 보면 자신을 낮추고 희생하며 상대를 돋보이게 하는 지혜가 숨겨져 있다. 그러기에 400여 년이 넘은 세월을 한 치의 흔들림 없이 견디며 변함없는 자태를 유지하고 있다. 그리고 앞으로 4백 년 아니 4천 년을 꿋꿋하게 지켜갈 것이다.

　이끼 덮인 돌 위로 5년 전 내 곁을 떠나간 어머니의 모습이 어른거린다. 모든 어머니가 그랬지만 나의 어머니는 가족 사랑과 자기희생이 유별했었다. 6.25전쟁 때 아버지는 많은 나이에도 불구하고 군수물자를 조달하는 보국대에 끌려가셨다. 북으로 진격하는 국군을 따라 북진하다가 전선이 악화되어 인민군에게 밀리는 과정을 겪어야 했다. 대구 방어선인 영천 화산전투에서 아버지는 한 쪽 다리를 잃었다. 그때부터 어머니는 아버지의 불편하신 다리가 되었고 마음도 절뚝거리며 한 평생 아픈 가슴을 안고 그렇게 살았다. 결혼 후 10여 년이 되어도 자식이 없자, 할머니의 따가운 눈총을 받아 가며 물먹은 스폰지처럼 눈물에 젖어 사셨다. 늦게 얻은 3남 2녀의 식솔을 먹여 살리느라 어깨는 늘 일어서기 힘든 바위를 지고 살았고, 뚜껑만 열면 북쪽을 가리키는 나침반같이 오로지 배고픔을 줄이는 것이 삶의 목표이자 꿈이었다. 냉기가 스며드는 초가지붕 아래서 아버지에게는 조각난 돌이 되어 남편이 넘어지지 않게 지탱하는 옆 돌이 되셨고, 할머니로부터는 눌려오는 무게를 감당하는 아랫돌이 되셨다. 그리고 자식에게는 작은 돌이 바로 설 수 있도록 넓고 편한 바탕돌이 되셨으리라. 산성의 성곽이 오랜 시간 버티어 성안을 편안하게 했듯이 어머니는 이름 없는 한 개의 돌이 되어 성곽 안의 가족을 힘겹게 지켜 오셨다.

나는 어머니의 흔적을 고이 가슴에 간직하고 있다.

표 창 장

조 금 희

　귀하는 심한 부상을 입은 명예제대군인의
안해로서 심신이 부자유한 남편을 항상 위
로 부축하여 자립생계를 확립하고 화목한
가정을 이룩하였음은 대한 여성의 거울이
되므로 이에 표창함.

단기 4291(1958)년 6월 6일
보건사회부장관 손창환

이것이 바로 어머니는 무명의 돌이셨고 가족이란 성곽을 지켜
왔다는 징표이다. 세상의 그리움은 시간이 흐르면 얕아지지만
어머니에 대한 그리움은 시간이 흐를수록 깊어진다. 이는 생전
에 효가 깊지 못했기 때문이 아닐까? 뒤늦은 효지만 행할 당신
이 없기에 더욱 그리워진다. 어머니 사랑합니다.

어머니는 열일곱의 어린 나이에 가난한 집으로 시집을 와 70년이란 세월 동안 가족이란 성곽을 이루는 이름 없는 돌이었다. 가까이에서는 본래의 모습을 볼 수 없는 클레드 모네의 '점묘화'처럼 살아 계실 때에는 몰랐다. 지금은 내게서 멀리 계시니 그 모습이 눈앞의 성곽처럼 선명하다. 머리에 서리가 내리는 지금에서야 당신께서 가족이란 성곽을 위해 아버지에게는 옆 돌이 되셨고 자식에게는 아랫돌이 되어 보듬어 주셨으며, 할머니에게는 효란 돌이 되셨음을 알았습니다. 세상의 어떤 저울로도 무게를 달 수 없는 그 아팠던 무게를 이제야 느끼는 아둔함이 밉기만 하다. 그렇게 어머니는 산성의 이름 없는 돌처럼 가족을 지키는 무명의 돌이었다. 그 향기는 진한 핏속에 지워지지 않은 흔적으로 피어나리라. 내 상념의 사이를 비집고 나비 한 마리는 얽혀진 산성의 돌 위를 넘나든다. 장주의 나비처럼 어머니가 꿈속의 나비로 환생하신 것인가? 어머니에 대한 그리움이 계사년의 가을빛에 깊어만 간다.

인간의 품격

인간의 품격 중에 나는 어디쯤에 있을까? 백화점 같은 대형 업소를 통한 구매 실적으로 등급을 매기면 하급은 물론이고 근처를 어슬렁거릴 수도 없는 불가촉천민일 것이다. 그렇다면 지식인의 품격에 자신을 맞추면 어디쯤에 있을까? 슬프지만 여기 또한 나의 자리가 없는 것은 자명하다. 왜냐 하면 나는 지식인의 반열에 들어갈 그릇도 품성도 갖추지 못했기 때문이다.

20여 평 되는 MVG(Most Valnable Guests)룸의 안락한 쇼파에 앉아 희망하는 차를 주문하여 호사하는 경험을 하고 있다. MVG는 최상의 고객을 의미하는 것으로 물건을 파는 사람 입장에서 보면 당연할 수도 있다. 그러나 그 자격이 1년에 얼마 이상의 상품을 구매하느냐로 구분한다고 하니 씀바귀를 씹은 듯한 씁쓸한 맛 또한 지울 수 없다.

어디서 왔는지 한줄기 찬바람이 떠나기 싫어하는 가을의 등을 몇 번이고 밀고 당기는 11월 중순이다. 뉴스마다 올해 김장에 소용되는 비용을 열거하는 것을 보면 모두가 겨울 준비에 분주함을 알 수 있는 찬바람이 일렁이는 아침이다. 포항에 소재한 L백화점에서 김장 재료를 준비하고 경찰서와 YMCA에서 일손을 모아 김장을 하여 불우한 이웃에게 나누어 주기 위한 김장 담그기 행사에 참석했다. 경찰서에서는 서장을 비롯하여 각 과장과 직원 10여 명이 참석하였다. 담근 김장의 일부를 북한 이탈주민들과 독거노인, 결손아동들에게 나누어 주기로 하였으니 인력을 기부하는 셈이다.

승합차 두 대로 백화점 앞에 도착하니 몽골 텐트를 치고 벌써 YMCA 소속 회원들이 김장 만들기에 분주하다. 나도 면장갑과 고무장갑을 받고 빨간 비닐 앞치마에 흰 모자와 마스크를 끼고 김장 담그기에 일조를 한다. 일부는 재료와 담을 그릇 등을 준비하고 한편에서는 양념을 절임 배추 사이에 넣는 작업을 한다. 절여진 배추는 포장한 후 다시 차곡차곡 쌓은 일들로 보이지 않지만 분업화가 되어 있었다. 담그어야 할 김장량보다 사람이 더 많은 것 같았다. 1시간 남짓한 시간에 목표량의 담그기가 끝나갈 무렵 백화점장의 안내를 받아 별관 7층 MVG 룸으로 가게 되었다. 입구에는 MVG 회원임을 확인하는 카드를 갖다 대어야만 문이 열리고 아무나 들어갈 수 없는 그런 곳이다. 들어서자마자 룸 안에는 아가씨 5명이 평소 MVG 회원을 그렇게 대하였다는 듯이 예의 있고 공손하게 우리를 맞았다.

점장의 설명이 이어졌다. MVG 회원의 자격은 연간 1,800만 원 이상 구매하는 손님에게 주어지는 특권이다. 카드가 발급되고 회원에게는 주차장이 별도로 있어 자동차 열쇠만 맡기면 주차관리요원이 모두 알아서 해준다. 그리고 MVG 룸에 들리면 1인이 4잔의 차를 무료로 이용하며 휴식을 취할 수 있는 곳이다. 서울의 본점에는 MVG 회원 중에도 다시 등급이 있어 연간 3천8백만 원부터 1억 원 이상 구매하는 회원에게 각각 다른 서비스가 제공된다고 한다. 1억 원 이상 구매하는 최최고의 MVG 회원은 쇼핑도 MVG 룸에서 가능하다고 한다. 룸에 들리면 1인의 전담 서비스맨이 책임지고 모신다고 한다. 예를 들면 '무슨 색깔의 핸드백이 있던데'라고 운만 던지면 서비스맨은 그와 유사한 핸드백들을 여러 개 가지고 온다. 그러면 MVG 회원은 룸에 앉아서 이것저것 골라보며 물품을 구입할 정도라고 하니 황금의 위력이 실감을 넘어 서글퍼지기도 한다.

취미 생활도 국민 1인당 GNP에 따라 다르다. 1만 불 시대에는 테니스를 하고 2만 불이면 골프, 3만 불이면 승마를 즐기고, 4만 불이 넘으면 요트를 취미로 즐긴다고 한다. 백화점이나 대형 할인마트에서 구매 능력에 따라 사람의 격이 구분되어지니 자본주의 경제를 기조로 하는 민주주의 시스템에서 탓할 바는 아니나, 그런 사실조차 몰랐고 백화점을 통한 구매력 제로에 가까운

나는 어찌 보면 행복했다. 부지즉행不知卽幸, '알지 못함이 행복'
이라는 말이 이런 것이리라.

　지식인의 품격은 들어 본 적이 있다. 고뇌하는 지식인 매천 황
현, 의를 좇는 지식인 퇴계 이황, 비판적 지식인 남명 조식, 저항
적인 지식인 허균, 백성의 편에 선 지식인 다산 정약용 같은 사
람들이 있었다. 한편 공자도 사람의 품격을 구분하였다. 생각이
짧아 언행이 경망스럽고 욕심에 따라 사는 사람을 하지하下之下
라 하였고, 재물과 지위에 의존하여 사는 사람을 하下로 칭했다.
그리고 지식과 기술에 의지하거나 자신의 본분에 만족하며 정직
한 자를 중中으로, 덕德과 정情을 지니고 지혜롭게 사는 자를 상上
이라 하였다. 마지막으로 살아 있음에 감사하고 죽음이 목전에
닥쳐도 슬퍼하거나 두려워하지 않고 그것을 천명으로 겸허히 받
아들일 수 있는 자를 상지상上之上으로 구분하였다. 공자가 이렇
게 사람의 격을 다섯 가지로 구분하였으니 성현의 깊은 뜻을 헤
아리지 못하는 작은 내가 거기 있을 뿐이다.

　인간의 품격 중에 나는 어디쯤에 있을까? 백화점 같은 대형 업
소를 통한 구매 실적으로 등급을 매기면 하급도 되지 못하고 근
처를 어슬렁거릴 수도 없는 불가촉천민일 것이다. 그렇다면 지
식인의 품격에 자신을 맞추면 어디쯤에 있을까? 슬프지만 여기

또한 나의 자리가 없는 것은 자명하다. 왜냐하면 나는 지식인의 반열에 들어갈 그릇도 품성도 갖추지 못했기 때문이다. 하지만 공자가 구분한 다섯 가지의 격에는 없을지라도 하下와 중中의 언저리 어디쯤에 있지 않을까? 그 격을 상 쪽으로 향하도록 노력해야 할 이유를 MVG 룸에서 얻었다면 너무 과장일까? 한 해를 갈무리하는 어느 가을날 경제력과 지식 심성, 어디에다 인간의 격을 맞추고 어떻게 살아야 할 것인가? 자신을 한번 뒤돌아 볼 수 있게 한 좋은 기회였다. 그것도 앉아서 얻은 것이 아닌 작은 봉사의 기회에서 얻을 수 있었던 것이라면 아마 남들은 웃겠지.

처서處暑의 기도

가을이 기적을 울리며 플랫폼으로 들어오고,
계절의 간이역 처서의 몸짓에 희망이 녹아 있다.
힘들고 어려운 우리네 삶에도 처서의 바람처럼 시원하고
맛깔 나는 작은 행복이 귀뚜라미 등에 업혀 소리 없이 찾아오길 기도해 본다.

맹하의 열기가 참깨를 볶듯이 모래알을 볶아대더니 그 기운이 서서히 식어가고 있다. 한줄기 비 소식에 바다도 파도를 앞세워 반기고, 소금기 먹은 시원한 한 줌 바람이 파도 위를 돌고는 뭍으로 불어온다. 발아래 밟히는 모래가 진흙을 부수어 놓은 것 같이 간지럽게 전해오고, 여인의 가슴처럼 촉감이 부드러워 밟기조차 조심스러운 포항 영일대 해수욕장 모래톱을 걷고 있다. 걸음에 묻어 있는 계절을 보니 오늘이 처서이다.

불빛을 보고 날아드는 불나비처럼 포항국제불빛축제가 사람을 불러 여름을 달구던 게 어제 같다. 바다는 물빛이 더 푸르게 변하면서 땀 냄새 나는 군더더기 더위를 한 벌 벗어내자 선선한

계절을 거두며 ● 151

바람이 볼을 스친다. 환여공원 언저리에서부터 초록을 지치게 할 개선장군 같은 바람이 분다. 하늘 중천에 걸려야 할 달이 비구름에 가려 보이지 않아도 분명 얼굴빛이 밝을 것이다. 거기에다 비까지 내려주니 계절의 순환은 어쩔 수 없는가 보다. 조금만 지나면 여름의 성우 매미도 목이 쉴 것이고, 가을의 전령사 귀뚜라미는 벌써 풀숲에서 목청을 가다듬는다. 세상의 빛과 소리가 맑아지니 내 마음도 덩달아 오는 계절을 달려가 맞고 있다.

처서는 24절기 중 14번째로 태양의 황경이 150도가 될 때이다. 양력으로는 8월 23일 음력으로 7월에 해당하는 것으로 여름이 지나 더위가 한풀 꺾이고 신선한 가을을 맞이하게 되는 절기이다. 시기로는 입추와 백로사이며, 풍속으로는 청벌초靑伐草를 하거나 장마에 습기 찬 옷 등을 말리기 좋은 때이다. 유난히도 더웠던 여름 때문인지 처서를 맞은 사람들의 발걸음과 얼굴에서 빨리 가을을 맞고 싶은 기대가 묻어 있는 듯하다.

처서와 관련된 말들이 생각난다. 처서가 되면 "모기도 입이 삐뚤어진다" "처서에 비가 오면 단지(곡간)의 곡식이 축난다"는 이야기가 있다. 이 말의 의미는 한여름 독이 올라 설치던 모기도 날씨가 서늘해지니 힘이 없어 모기로서의 역할을 할 수 없다는 것이고, 단지에 곡식이 축난다는 것은 한여름을 지나 결실의 계절로 접어들 때 햇빛을 많이 쬐어야 하는 중요한 시기인데 비가 오면 결실이 줄어들 수밖에 없다는 의미이다. 종합해 보면 처서는 찌는 듯한 여름을 지나 결실의 계절로 가고 있는 간이역임이 말 속에 숨어 있다. 그러나 오늘 처서에 내리는 비는 옛말과는 달리 갈증으로 목말라 하는 대지와 식물에게 환희와 축복의 비가 될 것이란 믿음을 가져도 좋을 것만 같다.

처서에는 여러 의미가 담겨있다. 처서가 여름의 끝이라고 생각하는 사람에게는 달콤한 결실을, 새로운 가을의 시작이라고 믿는 이에게는 꿈을 안겨다 줄 것이다. 그리고 하루하루를 처서로 생각하는 사람에게는 지혜를 주지 않을까? 처서는 아무렇게 생각하여도 행복한 계절이다. 다만 몽매한 사람만이 이를 느끼지 못할 뿐이다. 눈 깜짝할 사이에 하늘에서 빛을 내고 사라지는 유성 같은 것이기 때문이다. 그러기에 처서에는 가을을 보는 심안을 가슴에 담아야 할 이유이리라.

순환하는 계절도 싫어하는 것이 있고 좋아하는 것이 있다. 지루하고 후덥지근한 삼복은 여름 한철 벌어서 한 해를 살아가는 사람에게는 소중한 계절이지만, 보통 사람들에게는 같이 걷고 싶지 않은 계절이다. 겨울 또한 마찬가지다. 가난한 서민에게는 고통으로 다가오는 것이 현실이다. 하지만 봄과 가을은 부자나

가난한 사람, 지위가 높거나 천한 사람, 모두가 반기는 그런 계절이다. 우리 인간사에도 어느 누구는 누구를 좋아하는가 하면 어떤 이들은 특정인을 싫어한다. 그러나 보통사람 모두가 좋아하는 그런 사람도 있다. 인간이 봄과 가을에게서 배워야 할 것이 모두를 품어 안는 넓은 가슴이리라. 누구나 좋아하는 계절 처서! 오랜만에 찾아온 자식이 반가워 물 묻은 손을 앞치마에 훔치며 부엌문을 나서는 어머니처럼 가을의 시작, 처서를 반갑게 맞고 싶다.

오늘 내리는 달콤한 비가 그치고 나면, 산도 바다도 한 폭의 가을을 담기 위해 캠퍼스를 준비할 것이고, 들판의 허수아비 머리 위로는 가을 잠자리가 달콤한 유희에 빠져들 것이다. 그리고 가을 코스모스가 조화로운 계절에 감사해 하며 고개를 숙이고 묵상에 젖어들지 않을까? 이렇듯 달(月)에게 눈과 마음을 맞추며 계절을 만들어 살아온 조상들의 지혜가 묻어있는 절기節期 처서에, 올여름 방전된 에너지를 충전하고 결실을 추수할 작은 꿈 속에 빠지고 싶다.

봄을 이기는 겨울이 없듯이 가을을 이기는 여름 또한 없다는 진리를 계절이 몸으로 소리로 빛깔로 말해주고 있다. 한여름 무더위가 저만치 손을 흔들면, 가을이 기적을 울리며 플랫폼으로 들어오고, 계절의 간이역 처서의 몸짓에 희망이 담겨있다. 힘들고 어려운 우리네 삶에도 처서의 바람처럼 시원하고 맛깔나는 작은 행복이 귀뚜라미 등에 업혀 소리 없이 찾아오길 기도해 본다.

절집

자성의 여유와 자연이 주는 편안함으로 보슬비에 옷이 젖듯
마음이 촉촉해 온다. 이보다 더 큰 얻음이 어디 있겠는가?
절집을 뒤로하고 일상에 접어드니 하늘은 시리고 바람은 소슬하다.
절집에서의 짧은 한유! 행복에 젖은 발걸음이 가볍다.

깊은 산자락에 단잠을 깬 안개가 부스스 눈을 비비고, 늙은 느티나무는 안개 속에 묻혀 한 폭의 수채화다. 11월 초 산등성이를 돌아온 한줄기 바람이 가을을 쫓은 어느 휴일, 경산의 남쪽 동학산 아래 터를 잡은 작은 절집 경흥사를 오르고 있다.

길가 감나무 꼭대기에는 서너 개의 까치밥이 밤새 추위에 입술이 터졌다. 갑자기 다람쥐 한 마리가 앞길을 막는다. 낯선 이방인에게 쉽게 길을 열지 않을 모양이다. 폴싹폴싹 뛰기도 하고 고개를 쭈빗거리며 여유를 즐긴다. 조용히, 그리고 바삐 서둘지 말고 자연을 느끼며 여유롭게 오르라는 몸짓이다. 우리나라는 부존자원이 빈약한 나라이다. 하지만 선진국 반열에 진입한 경

제력과 이에 걸맞은 국격까지 갖춘 나라, 지금이 있기까지 여러 가지가 요인이 있겠지만 빨리빨리 근성이 일조했음은 누구도 부인하지 않을 것이다. 요즘 어느 휴대폰 광고가 빠름빠름이란 캐치프레이즈로 소비자의 관심을 끄는 것도 이러한 국민성을 읽었기 때문이 아닐까? 산속의 다람쥐는 자신도 빠르면서 내가 더 조급해 보였는지 느림이 필요하다는 몸짓의 언어를 보내온다.

절집 입구에는 노구에도 자태가 늠름한 두 그루의 은행이 나란히 서서 절집과 속세의 경계를 표시하는 불이문이 되어 바투 다가선다. 한걸음 안에 극락과 지옥이 있고 속세와 절집이 멀리 있지 않음을 몸으로 보여주고 있다. 은행나무 아래 낡은 나무 의자가 절집을 찾는 발길이 뜸해 외로웠는지 벌떡 일어나 인사를 건네 온다. 파란 이끼가 덮인 명부전의 석등은 무지한 중생들에게 마음의 불을 켜고 살아야 극락왕생할 수 있다는 법어를 오래전부터 설파해 온 듯하다. 주불 목조석가여래좌상은 보물175호로 인자한 미소를 머금고 대웅전을 지키고 있다. 대웅전에 오르는 길은 목조 계단으로 되어 있어 한 걸음을 옮길 때마다 삐거덕거린다. 그 소리는 절집을 찾는 사람들에게 잠시 마음을 내려놓으라는 무정설법이리라.

몸과 마음을 합장하여 부처님께 삼배를 하고 잠시 자리에 앉는다. 옆에는 먼저 온 불자 한 분이 경전을 앞에 두고 깊은 바라밀다에 빠져 있다. 고개를 들어 천장을 보니 초파일에 매단 200여 개의 연등이 유치원생 같은 이름표를 달고 가지런히 걸려있다. 거기에는 불자들의 기도가 적혀 있지는 않아도 부처님은 모든 것을 알고 계시리라는 믿음이 있는 듯하다. 조용히 자신을 뒤돌아 더듬어 본다. 과연 나는 누구를 위해 작은 적선을 행함이 있었던가? 자신을 낮추고 상대를 배려하는 겸손함은 가졌는가? 하루하루가 행복임을 알고 살아가는 간절한 기도는 있었는가? 나만을 생각하고, 너그러움이 부족하며, 깊지 못한 인간임을 알고 계신 듯한 부처님의 미소에 부끄러워 고개가 자꾸만 숙여진다.

절집을 안고 있는 동학산의 완만한 곡선은 어머니 가슴처럼 부드럽다. 곧은 길보다 구부러진 길에서, 넓은 길보다는 오솔길이, 쇠붙이보다는 버드나무가 더 부드럽고 정겹다. 물길만을 고려하여 시멘트로 정리된 넓은 강보다는 수초가 자라고 물고기가 헤엄치는 원시의 강이 더욱 부드럽다. 우리네 삶에도 올곧기만 한 사람과 자기만을 생각하는 사람은 찬바람이 일고 주위에 사람이 없다. 하지만 상대를 배려하고 세파에 물들지 않는 순수한 사람에게는 정겨움과 부드러움이 있어 물바가지에 참깨가 달라붙듯이 주위에는 많은 사람들이 모여든다. 노자가 도덕경에서 말한 부드러움이 강한 것을 이긴다는 '유승강柔勝剛'에는 산의 곡선과 절집이 주는 부드러움의 의미도 녹아있을 것이다.

주지 스님의 안내를 받아 스님 방으로 들어서니 산속의 냉기가 방안에 가득하다. 스님은 기한발도심飢寒發道心이 몸에 배어 있는 듯하다. 따뜻함 속에서는 냉철하게 스스로를 돌아볼 수 없다는 법어가 사위에 묻어 있다. 스님은 객을 위해 스토브에 불을 당기고 나는 스님께 예를 표하며 자리에 앉는다. 스님은 어느 신도가 가져다 준 차라며 자랑을 한다. 거기에다 지하 80미터 암반에서 뽑아 올린 맥반수로 차를 끓이면 가히 일품이라며 찻물이 끓기도 전에 차 맛을 돋운다. 가만히 보니 여린 해쑥을 정성들여 다듬은 쑥차다. 찻잔에서 모락모락 피어나는 김은 시각만으로도 가슴이 따뜻해진다. 따스한 찻잔의 온기와 내 손의 체온이 더해지고 스님의 설법까지 찻잔 속에 녹아지니 마음이 쑥 향처럼 맑아온다. 방안은 작은 행복에 젖고 밖에는 한줄기 바람이 동학산의 허리를 지나 절집을 휘감는다. 바람 따라 유리창에 은행잎이 온몸을 부딪쳐 온다. '아~ 좋다'라는 탄성이 절로 나온다. 하늘에서 내리는 노란 축복이다. 행복은 멀리 그리고 깊은 곳이 아닌, 내 앞의 얕은 곳에 그렇게 감추어져 있었다.

절집에서 내려오니 골짜기에 머물던 안개가 산꼭대기에 걸려 있고, 산하는 오색 물감이 바랜 듯 한 폭의 동양화로 다가온다.

짧은 시간, 자성의 여유와 자연이 주는 편안함으로 보슬비에 옷이 젖듯 마음이 촉촉해 온다. 이보다 더 큰 얻음이 어디 있겠는가? 절집을 뒤로하고 일상에 접어드니 하늘은 시리고 바람은 소슬하다. 절집에서의 짧은 한유! 행복에 젖은 발걸음이 가볍다.

4부
하얀
겨울 속에서

안개비

넓은 바다의 가슴과 울부짖는 파도 속에 숨어있는
참 고요를 보고 싶다. 세상 속의 무항산무항심을 경계하며
간장막야의 명검도 부단히 갈아야 하듯이
한없이 품어주는 너그러운 바다의 가르침을 채워보고 싶다.

까만 하늘이 고층아파트 지붕과 가로등 머리 위로 스멀스멀 내려와 자리를 잡았다. 새로 부임한 포항에서 두 번째 퇴근길이다. 발걸음에는 설렘과 하루의 무게가 실려 있고 짠맛이 감도는 도회의 포도 위를 한줌의 안개비가 붓질을 한다.

어제는 혼자 살아야 할 짐을 꾸려 대구에서 포항으로 새벽에 고속도로를 이용하여 찾아왔다. 올 때 설렘을 말해주듯 겨울 한가운데 봄비 같은 겨울비가 내리고 깜짝 햇살을 보이는 하루였다. 오늘은 오후부터 설렘을 품은 안개비가 뿌려댄다. 관사가 있는 창포동에서 사무실까지는 걸어서 50분이다. 관사에 짐을 풀면서 아침저녁 출퇴근은 걸어서 해야겠다는 생각을 했다. 핑계

같지만 시간에 쫓기는 직업의 특성상 운동할 시간이 없으니 이참에 걸어서 출퇴근하는 틈새 운동을 해야겠다는 다짐을 한 것이다. 뉴스에 내일 아침은 중부지방과 경북 북부지방에는 눈이 내리고 이곳 포항에는 지금 같은 안개비가 내릴 것이라는 예보이다. 우산을 준비하고 간편복으로 갈아입은 채 운동화 끈을 졸라매고 길을 나선다.

삼거리 휴대폰 가게의 불빛이 유난히 밝고 가게 안의 하얀 벽에 걸린 둥근 시곗바늘이 저녁 9시를 향해 가고 있다. 가게에서 새어 나오는 불빛과 가로등 불빛이 오묘한 색감을 만들어내고 시민들의 발걸음과 모습도 빛깔만큼 다양하다. 안개비는 사람들을 여러 모습들로 그려낸다. 옷이 젖을세라 잰걸음에 마음이 바쁜 사람으로 만들기도 하고, 되려 걸음에 여유까지 묻어나는 사람을 그려내기도 한다. 청춘 남녀에게 안개비는 팔짱을 끼게 하고 꿈속을 거닐게 하기도 한다. 우산을 펴지 않아도 되지만 그들에게 우산은 몸을 가깝게 밀착하여 정을 나누는 이유가 된다. 나는 두툼한 겨울 잠바에 모자를 눌러쓰고 우산은 지팡이 삼아 걷는다. 낯선 포항의 겨울밤은 한폭의 아름다운 그림이다.

숱한 시민들의 걸음 속으로 무슨 일이든 열심히 하라며 아버지가 즐겨 쓰던 옛말이 생각났다. 똑같은 하늘에서 내리는 비일

지라도 그 비를 맞는 사람에 따라 다르다. 소낙비도 아니고 이슬도 아닌 오늘 같은 안개비가 내리면 부지런한 사람은 열심히 일을 해도 땀이 나지 않아서 일하기 좋은 날이 되고, 게으른 사람에게는 비를 핑계로 진종일 빈둥거리며 하루를 보낸다는 이야기다. 안개비 속을 걷는 많은 사람들 중에 이 비를 맞아도 괜찮다고 생각하는 사람은 우산을 쓰지 않고 즐기며 걷고, 행여 옷이 젖을세라 우산을 편 손에 힘을 주고 걷는 이도 있다. 인간사 똑같이 주어진 시간 앞에 촌음을 아끼며 차곡차곡 맛있게 삶을 쌓아가는 사람이 있는 반면, 한없이 주어진 시간이라며 허리끈을 풀고 편하게만 살아가는 사람도 있다. 나에게 주어진 포항에서의 1년을 어떻게 보낼 것인가? 안개비 속을 걸으며 이 그림 저 그림을 하늘에 그려본다.

생각에 잠겨 걸음을 옮기는 등뒤로 한줄기 봄기운이 섞인 겨울바람이 영일만을 휘감고는 고층아파트 사이로 불어온다. 흩뿌리는 안개비는 도회의 나목 위로 촉촉이 내려앉고 전자상가에서는 새어나오는 음악이 잠시 청노루 귀를 만든다. '바닷가에서 오두막집을 짓고 사는 어릴 적 내 친구 푸른 파도 마시며 넓은 바다의 아침을 맞는다. 누가 뭐래도 나의 친구는 바다가 고향이란다.' 포항에서 안개비 속 '영일만 친구'는 바다가 품어주는 정겨움이 되고 파도의 설렘으로 다가온다.

겨울밤의 안개비는 원고지가 없어도 아름다운 글을 적을 수 있고, 하늘과 바다와 고층아파트의 벽면은 도화지가 되어 한폭의 수채화를 금방 그려내기도 한다. 안개비는 생각하는 대로 무엇이든 담아내는 요술쟁이다. 우산 없이 걷는 사람과 우산을 쓴 사람들이 오버랩되면서 옛날 짚신 장수와 우산 장수 아들을 둔 어머니의 근심이 생각난다. 맑은 날은 우산 장수 아들의 우산이 팔리지 않아 걱정을 했고, 비오는 날은 짚신 장수 아들의 짚신이 팔리지 않아 평생 근심을 안고 살았다. 바닷가에서 긍정을 배우고 싶다. 비가 오거나 해가 떠도 즐거운 하루, 눈 뜨는 아침이 행복인 그런 날을 만들고 싶다. 넓은 바다의 가슴과 울부짖는 파도 속에 숨어있는 참 고요를 보고 싶다. 세상 속의 무항산무항심을 경계하며 간장막야의 명검도 부단히 갈아야 하듯이 한없이 품어주는 너그러운 바다의 가르침을 채워보고 싶다. 깊은 상념에 잠긴 걸음 사이로 안개비가 너울너울 춤을 춘다.

묘비명

묘비명에는 그 사람의 평소 삶과 죽음에 대한 철학이 녹아 있다. 여기 공동묘지에
누운 사람들은 특별한 묘비명을 남기지 않은 듯하다. 변명 같은 군더더기
묘비명보다 이름 석 자만을 남긴 것은, 죽음을 피할 수 없는 숙명이라 생각하고
여행을 떠나듯 표표히 떠난 사람들이 아닐까?

'바위가 마사가 될 때까지 영면 하소서'란 문구가 화강암에 새
겨져 있는 공원묘지에 서 있다. 산을 오르다가 길옆에 공원묘지
가 있어 쉬어가는 길이다. 묘역 가장자리에는 외로이 선 소나무
한 그루가 과거 속에 빠져 있고, 침묵한 유택들 사이로 차가운
바람이 스친다. 황량한 분위기가 안쓰러운지 머리 위로 한줄기
햇살이 살포시 한기를 다독인다.

나는 뒷짐을 지고 천천히 마을 길을 나서듯 묘역의 꼬부라진
샛길을 걸으며 유택을 이리저리 둘러본다. 안장된 묘가 8천기쯤
된다고 하니 제법 큰 고을이다. 판자촌의 꼬부라진 골목이 있는
가 하면, 중간 중간 팔각정의 휴식 공간도 있다. 가파른 계단을

올라야 하는 곳도 있고, 차를 세우면 바로 다다를 수 있는 곳도 있다. 넓은 평수의 고급 아파트에 위세를 부리는 이도 있고, 삐뚤어진 창에 빗물이 새는 허름한 누옥도 있다. 모두가 유명을 달리 하였으나 거처는 이승과 다를 바 없다.

조금 더 자세히 들여다보니 울타리를 꽃나무로 조경한 아담하고 편안해 보이는 집이 있는가 하면, 바람막이 하나 없이 덩그러니 외로움에 묻혀 있는 집도 있다. 양지바른 곳에는 빨간 장미 울타리에 망부석과 석등이 유난히 반들거린다. 오석 밥상을 앞에 둔 묘가 있기도 하고, 형편이 어려워 지붕조차 손질하지 못하는 곳도 있다. 한쪽에는 번창하던 사업이 부도를 맞아 집달관이 압류 최고장을 붙인 듯 붉은 경고장이 붙어 있는 묘도 있다. 장묘법에 따라 연고가 확인이 되지 않거나 관리비조차 내지 못하는 묘로서 연락이 없으면 임의 처분하겠다는 으름장이다. 이곳에서도 이승처럼 냉엄하게 빈부격차를 실감해야 하는구나 생각하니 가슴이 아려온다. 말없이 누운 자의 영욕도 알고 보면 살아 있는 사람의 경제력보다 관심이 더 소중하지 않을까? 갑자기 고향 언덕에 누워 계시는 부모님이 보고 싶어진다.

알싸해지는 마음속으로 유년 시절 산비탈의 공동묘지가 펼쳐진다. 그곳은 음산함의 대명사였다. 해가 지면 처녀귀신이 나타

나고 몽당 빗자루 귀신들의 놀이터였다. 별빛이 초롱초롱 밤하늘을 수놓을 때면 짐승들의 울음소리가 들리고, 한 많은 원혼들이 불춤을 추던 곳, 한낮에도 가기 싫은 곳이었다. 그러나 나이가 들면서 공동묘지에 대한 무서움은 차츰 사라졌고, 따사로운 햇빛이 드는 포근한 양지쪽의 묘를 보노라면 되레 친근감마저 든다. 이는 그곳과의 예정된 인연이 가까워 오고 있기 때문이리라.

함허득통화상의 게송 한 구절이 생각난다. "생야일편부운기生也一片浮雲起 사야일편부운멸死也一片浮雲滅. 인간이 태어남은 한 조각 구름이 생겨남이요, 죽음이란 한 조각 구름이 흩어짐과 같은 것이라." 우주 삼라만상이 본래 일체동근一切同根임을 안다면 굳이 시종과 생멸을 따지는 것은 생에 집착한 범부의 갸륵하고 부질없는 욕심이 아닐까? 하지만 아무리 생멸이 한조각 구름이라 해도 운명으로 받아들이는 이가 과연 몇이나 되겠는가? 천하의 진시황도 영생불멸을 꿈꾸며 불로초를 찾았으나 뜻을 이루지 못했고, 명복을 지키고자 무덤 속까지 친위대 병마용갱을 만들지 않았던가? 하지만 여기 누워 있는 민초들은 불로초를 구할 능력도, 저승길에 대동할 이도 없이 이승의 팍팍한 삶을 마무리하고 죽음을 초연히 여긴 참 인자들이 아닐까?

유택幽宅을 쉬이 지나칠 수 없음은 남아 있는 여정이 그리 많지 않다는 것이리라. 하루하루를 살얼음판을 걷듯 신중하고 진솔하게 살아야 됨을 봉분이 묵언으로 전해주는 듯하다. 노벨상과 아카데미상을 수상한 문호 조지 버나드쇼는 "우물쭈물 하다가 내 이럴 줄 알았지"라는 글귀를 묘비에 새겨 살아있는 우리에게 촌음을 아끼고 최선을 다해 살라는 메시지를 전해주고, 헤밍웨이는 "일어나지 못해 미안", 걸레스님으로 알려진 중광스님은 "에이 괜히 왔다"라는 묘비명을 남겼다. 묘비명에는 그 사람의 평소 삶과 죽음에 대한 철학이 녹아 있다. 여기 공동묘지에 누운 사람들은 특별한 묘비명을 남기지 않은 듯하다. 변명 같은 군더더기 묘비명보다 이름 석 자만을 남긴 것은, 죽음을 피할 수 없는 숙명이라 생각하고 여행을 떠나 듯 표표히 떠난 사람들이 아닐까?

한줄기 바람 속에 계절은 겨울 초입이다. 육신의 시계도 겨울로 들어서는 듯하고, 나의 몸과 마음도 찬바람 부는 산등성이에 허허롭게 서 있다. 구름을 이고 선 하늘이 무겁게 내려앉았다. 눈이라도 내렸으면 좋겠다는 생각을 하고 있는데, 묘비들이 벌떡 일어나 이야기를 걸어온다. '당신은 이름 석 자를 남길 것인가? 묘비명을 남길 것인가?'

갓바위

걸어야 하는 그 길에는 삶의 단면이 녹아있다.
쉽게 지름길을 이용하여 목적지에 도달하는 사람이 있는가 하면,
주어진 길에 요령 없이 수행자처럼 자신의 길을 묵묵히 가는 사람들이 있다.
오르는 방법도 또한 인생길이다.

차가운 서리가 깊은 골짜기에 잠시 머물고 떠난 흔적이 떡갈나무 잎새에 하얗게 묻어있는 아침이다. 추석 연휴 마지막 날 아내와 함께 팔공산 동쪽 자락에 자리잡은 갓바위를 오르고 있다. 하늘로 솟은 수목들 어깨 사이로 햇볕이 이곳저곳 가을의 흔적을 더듬는다. 그 속에서 노랗고 붉은 색깔이 익어가는 계절임을 말해주고 있다.

추석날 제사를 지내고 동생들이 모두 떠난 텅 빈 집에는 무료함이 낙조처럼 내려앉는다. 부모님이 세상을 떠난 후 장남인 내가 제사를 모신다. 장모님이 계실 때는 차례를 지낸 후 처가를 다녀왔으나 이제는 그곳마저 반겨 주는 사람이 없으니, 명절이

되면 왠지 허전한 그림자가 내 앞을 서성인다. 아침 일찍 갓바위를 갔다 오겠다는 말에, 아내가 따라 나선다. 간단한 음료와 과일을 챙겨 갓바위 주차장에 도착하니 벌써 만원이다. 몇 바퀴를 돌아 겨우 자리를 잡고는 골짜기에 막 얼굴을 내민 햇살을 맞으며 가파른 계단을 오른다. 새소리 물소리 바람소리가 귓가를 간질인다. 골짜기를 메운 사람들의 모습과 소리가 풍경이 되고, 눈앞의 세상은 늦은 단풍에 묻혀 있다.

갓바위(팔공산 관봉의 석조여래좌상)는 신라 시대에 세워진 것으로 한 가지 소원은 들어 준다고 하여 많은 사람이 찾는 유명한 기도처다. 대구 경북 사람이면 한 번쯤은 가본 곳으로 이곳에 오르는 길은 두 갈래가 있다. 대구 동구의 남쪽 주차장에서 오르는 길과, 경산 와촌의 동편 주차장에서 오르는 길이 있다. 남쪽 주차장에서 출발하면 1시간 남짓 소요되고 길도 가파르나, 동편 주차장에서 오르면 20분이면 충분하고 길도 완만하다. 그래도 많은 사람들이 남쪽 주차장 길을 이용한다. 나도 가파른 계단이 있는 남쪽 길로 오르고 있다.

한반도 도처에 유명한 기도 도량이 많다. 남해 금산의 보리암, 여수 돌산의 향일암, 청도 운문의 사리암이 그곳이며, 지금 오르고 있는 팔공산 갓바위도 유명한 기도 도량 중의 하나이다. 그런데 언제부터인가 그곳에 오르는 길이 너무도 편리함만 강조되어 승용차로 쉽게 도달할 수 있는 곳이 많다. 나는 그런 곳보다 땀 흘린 후에 도착할 수 있는 도량이 왠지 더 마음에 와 닿는다. 한 걸음 한 걸음 옮길 때마다 그곳을 찾은 연유를 음미하며 걸을 수 있기 때문인지 모르겠다.

걸어야 하는 그 길에는 삶의 단면이 녹아있다. 쉽게 지름길을 이용하여 목적지에 도달하는 사람이 있는가 하면, 주어진 길에 요령 없이 수행자처럼 자신의 길을 묵묵히 가는 사람들이 있다. 오르는 방법도 또한 인생길이다. 나이 지긋한 사람은 느긋하게 명상에 잠기며 묵묵히 발걸음에 생각을 담고, 젊은 사람들은 혈기만큼이나 바쁘게 오른다. 언덕이 가파르면 자세가 앞으로 기울고, 평평한 길이면 몸을 곧게 세워 걷는 것이다. 이 또한 인간이 자연의 섭리에 순응하며 살아가는 지혜의 한 조각이리라.

그늘 아래 쉼터에서 커피 한 잔을 마시며 숨소리를 고를 때, 개울물 소리에 조선의 학자 송익필 선생의 '산행'이 떠오른다.

산길을 가다보면 쉬는 것을 잊고, 앉아서 쉬다 보면 가는 것을 잊네.
소나무 그늘 아래 말을 세우고, 짐짓 물소리 듣기도 하네.
뒤를 따라오던 사람 몇이 앞질러 가기로 손,
제각기 갈 길 가는 터 또 무엇을 다툴 것이랴

정상 아래까지 한 걸음에 땀 한 방울, 두 걸음에 마음 하나씩을 내려놓는다. 모자 창에서 떨어지는 땀방울만큼 몸은 피곤하나 마음은 깃털같이 가볍다. 발아래로 흰 종이 조각이 보인다. 손바닥만 한 종이에 합격초, 수능초, 기도실〔絲〕이란 문구가 적혀 있다. 곧 도달할 정상의 갓바위 앞에서 소원을 빌 때 필요한 기도 용품을 파는 곳이다. 오르는 사람들의 애절함이 그 종이에 적혀 있는 듯하다.

정상에 오르니 해는 벌써 중천으로 향하고, 이마를 스치는 바람이 짧은 고단함을 씻어준다. 가을빛을 안고 앉은 석가여래좌상 앞에는 무슨 소원이 그리 많은지 절할 자리가 없다. 사람들은 마음을 석조여래좌상에게 맞추고, 몸은 앞 사람의 뒤를 보면서 삼배며 백팔배를 한다. 어떤 이는 무릎을 꿇고 기도에 잠겨 있기도 하고, 어떤 사람은 정좌를 하고 염주를 굴리며 묵상에 빠져 있기도 하다. 그들의 기도가 바람에 실려 골짜기에 자욱하다. 기도는 가족의 건강이고 시험에 합격이며 취업이다. 모두가 무엇을 얻으려는 간절함이다. 그 기도가 바람을 타고 산자락을 휘감는다. 바람의 끝자락이 한줌의 물 같은 것임에도.

절을 하고 떠나는 사람들의 심사를 들여다본다. 동쪽의 쉬운

길을 오른 사람보다, 힘든 남쪽 길을 오른 사람들의 표정이 더 밝다. 힘겹지만 가파르고 힘든 길을 묵묵히 걸은 사람들의 기도를 먼저 들어줄 것이라는 석조여래좌상의 의미 있는 미소가 가을빛에 아른거린다. 자리를 잡고 천천히 삼배를 하니 내 그림자도 잠시 나를 따라 마음 한가닥을 내려놓는다. 그 기도에는 지금에 만족해하고, 작은 음덕을 행하며, 계절의 순환 앞에 행복해할 수 있게 해달라는 간절함을 담았다. 내려다보는 석조여래좌상의 깊은 눈빛을 마음에 담고 발길을 돌리니 발길 위로 쏟아지는 하늘빛이 청자색 바다이다. 바람과 소리, 빛깔, 모두가 그 안에 녹아있고 나도 그 속에 잠시 물들어 있다.

겨울비의 의미

불행을 신의 저주로 여기면 끝없는 자학이 찾아오지만
순응한 채 같이 가면 행복이 되는 것이다.
모든 것을 자연의 순리로 여긴다면
이 또한 견딜 만한 성숙된 아픔이 아니겠는가?

칠흑 같은 어둠을 쓸어내리려는 듯 겨울비가 가로등 아래로 쏟아진다. 졸고 있는 가로등이 없었다면 어둠 때문에 비가 내리는지 맑은 하늘인지 구분이 되지 않을 만큼 어둡다. 머리 위로 떨어지는 흔적을 보고서야 비가 내리고 있음을 알 수 있다. 겨울비를 맞으며 초연히 서있는 도회의 가로등이 한폭의 수묵화처럼 펼쳐진다. 올겨울은 60년 만의 한파이고, 어느 해보다 눈이 많은 등 별스러운 수식어를 달고 있다. 며칠 전만 해도 대한 한파가 칼날을 세우더니 오늘은 새벽부터 때 아닌 겨울비가 계절을 잊은 듯 세상을 적신다.

얼어서 힘겨워하던 승용차의 엔진소리가 내리는 비 때문인지 오늘 아침에는 꿈결같이 부드럽다. 아직 어두움이 눈뜨지 않은 아스팔트 위로는 옅은 안개가 내리는 비를 반기기라도 하듯 포근하다. 인도에는 유난히 많이 내렸던 눈 위로 한파까지 덧칠되어 빙판을 이루고 있다. 차량의 라이트 앞으로 빗방울이 흩어지고 유리창에는 할머니가 졸고 있는 손주에게 부채질을 하듯 윈도 부러쉬가 연신 흐르는 빗물을 훔친다. 새벽 출근길에 내리는 겨울비와 어둠으로 교행하는 차량이 없을 때에는 라이트를 상향으로 조정해야만 안전한 운행이 가능하다. 세상의 작은 이치가 어두운 빗속에 숨겨져 있다. 내가 불편하고 잘 안보이면 상대방은 잘 보이고, 자신만 편하게 잘 보려고 상향등을 켜면 반대 차선의 운전자는 눈이 부셔 잘 보이지 않는 불편함을 주게 된다. 나만의 편리를 위해 세상을 살아가면 내 주위의 사람들이 그만큼 불편을 감내해야 하는 것이다. 서로 조금씩 양보하고 도로 위에서 예의를 지켜야 안전운행이 가능하듯이 우리네 여정도 이 같지 않을까? 차창에 하염없이 부딪치는 빗줄기와 차량의 라이트가 아둔한 중생에게 법문이 되어 우매한 나의 아침을 열어주고 있다.

한여름 소나기가 내려야 할 때에 갑자기 얼음덩이 우박이 내려 농작물에 피해를 주기도 한다. 그때 우박이 내리지 않으면 혹서로 더 많은 피해를 가져오기 때문에 자연은 여름임에도 간혹 인간에게 시련을 주는 경우이다. 겨울에는 이와 반대로 눈이 와야 할 때 비를 내려 한파를 적절히 조율하는 것이 자연의 속 깊은 섭리가 아닐까? 수은주를 꽁꽁 얼게 할 시베리아 동장군이 멀리 떠나지 못하고 오래 머무르면 내년의 봄은 회복 불가능한 상처를 입을 것이다. 그럴 때면 자연은 비를 내려 추위를 잠시 멈추게 하니 가히 인간의 능력으로 하늘의 깊은 뜻을 가늠할 길이 없다. 또한 겨울 햇빛으로 녹이지 못하던 응달의 빙판을 겨울비가 녹여주니 자연이 갖는 치유력의 오묘함이다.

겨울비에는 삶의 가르침이 녹아 있다. 로또 같은 횡재가 찾아올지라도 수분守分하고 안으로 숨기며, 예기치 못한 불행이 찾아와 괴롭더라도 참으라는 메시지다. 불행을 신의 저주로 여기면 끝없는 자학이 찾아오지만 순응한 채 같이 가면 행복이 되는 것이다. 모든 것을 자연의 순리로 여긴다면 이 또한 견딜 만한 성숙된 아픔이 아니겠는가? 솔로몬이 지혜의 왕 다윗의 반지에 글귀를 새겨 교훈으로 삼았던 '이 또한 지나가리라'는 의미가 겨울비에 담겨져 있다. 인간이 살아가면서 엄청난 행운이 찾아와 명예와 권부를 가지게 되면 초심을 잃고 영원할 듯 우쭐해하지 말라는 것이다. 그리고 고난이 찾아와 좌절할 때에도 그 힘겨움 또한 지나가기에 의기소침하지 말고 의연하라는 것이다. 새벽에 내리는 겨울비 속에는 무량한 지혜가 감춰져 있다. 한여름 폭서가 끝없는 기승을 부리면 한줄기 우박을 내리게 하고 하늘과 땅을 얼게 하는 추위가 지속되면 한번의 겨울비를 내려 균형을 맞추어 준다. 유난히 추웠던 이 겨울도 언젠가는 지나가리라는 약속의 노래이다. 하지만 이를 지득하지 못하면 불안과 공포를 안고 가야할 뿐이다.

겨울은 얼어 있다는 의미가 내재되어 있고, 얼어 있다는 것은 힘겹다는 것이리라. 그러나 겨울비에는 봄을 맞을 파란 기운이 서려 있다. 이는 봄이 그리 멀리 않다는 증표이기도 하다. '꽁꽁 얼어붙은 추위가 있어야 봄이 오면 아름다운 꽃을 피운다는 한응대지발춘화寒凝大地發春華'를 노신이 노래했듯이 인내의 결과는 곧 성취이고 힘겨움은 그 안에 희망이 숨어 있음이다.

겨울비는 그렇게 희망을 이야기해 주고 있다. 비가 있으면 눈이 있고 눈이 있으면 비가 있다. 어려움이 있으면 편안함이 있고 편안함이 있다면 어려움이 있다는 것이기도 하다. 혹독한 추위가 있다는 것은 분명히 따뜻한 봄날이 그리 멀리 않다는 희망이리라. 세상만사 윤회와 인과응보의 길이고, 자연의 손짓과 몸짓 모두가 배움인 것을. 차창에 부딪치는 겨울비의 의미는 오늘을 참고 행복해하며 따뜻한 봄을 기다리라는 아름다운 손짓이리라.

공방호房

유치장의 영원한 공방은 유토피아나 샹그릴라가 아니고서는
이루어질 수 없는 허망한 꿈인지도 모른다.
그러나 경찰관은 꿈을 현실로 만들기 위한
수고로움을 마다하지 않는다.

철거덩거리는 철문 소리가 공간이 주는 의미와 함께 무겁게
내려앉는다. 자물쇠를 열고 전자 도어록의 번호를 누른다. 귀한
보물단지를 숨겼는지 서너 걸음 더 걸으면 또 바위 같은 쇠문이
장승처럼 버티고 서 있다. 이 문은 밖에서 열고 안에서도 열어
주어야 하는 문이다. 한 걸음 더해 안에서는 눈썹 같은 문의 틈
새로 누구인가를 확인하고 잠금을 풀어야 그곳에 들어설 수 있
다. 네 번의 문을 통과하고서야 접근이 가능하다. 바로 경찰서
유치장이다.

공휴일 당직을 책임진 당직관은 그렇게 문을 열고 24시간 동
안 일정한 횟수만큼 유치장을 방문 점검해야 한다. 그런데 오늘

은 그 문들이 잠김 없이 모두 열려 있다. 물론 안에 있는 각 방들의 문도 모두 개방되어 공허하다. 사람이 없는 방을 빈방이라 하고, 사람이 거처하지 않는 빈방을 공방이라 한다. 빈방은 순수한 우리말이고 공방은 한자어이다. 그러나 유치장이 비어 있을 때를 빈방이라 하지 않고 언제부터인가 공방이라 불러 왔다. 그것은 단순히 비어있는 것이 아닌, 비워져 있기를 바라는 애절한 기도 때문이라고 나름의 해석을 해 본다.

비어 있는 공방에는 어딘지 모르게 스산함이 배어난다. 비록 유치장 안이라도 사람들이 있을 때에는 훈기가 있으나 비워지면 온갖 죄조차 모두 도망을 가서 그런지 쓸쓸하다. 그렇지만 이곳에 근무하는 경찰관들은 이때가 제일 행복하다. 이때를 놓치지 않고 닫혀있던 문을 열어 환기를 시키고 정성을 들려 청소를 하며 공방이 이어지기를 바라는 간절한 기도를 걸레질에 담는다. 그렇게 공방이 되면 예전에는 건물 밖에다 백기를 꽂았다. 비어 있다는 상징이기도 하지만 그곳에 들어올 사람들이 없기를 바라는 마음이 더 간절했으리라. 개나리와 진달래가 피면 봄이 왔음을 알리듯 백기는 지역이 편안하다는 징표이다.

비워서 좋은 것들이 생각난다. 비워짐에는 여러 가지가 있겠지만 가장 으뜸은 욕심이 아닐까? 성현들도 화의 근원은 욕심임을 가르쳐왔다. 욕심은 물론 인간에게 없어서는 안 될 소중한 가치이기도 하다. 기본적인 욕구가 없다면 삶은 잿빛으로 퇴색될 수밖에 없고, 보다 진일보하는 문명도 없어진다. 하지만 불필요한 욕심, 그것은 비울수록 고귀한 것이다. 그러니 욕심은 동전의 양면 같아 화와 복을 같이 안고 있다. 욕심은 인간에게만 있고 인간이기에 비우려는 몸부림 또한 있어야 한다.

유치장의 영원한 공방은 유토피아나 샹그릴라가 아니고서는 이루어질 수 없는 허망한 꿈인지도 모른다. 그러나 경찰관은 꿈을 현실로 만들기 위한 수고로움을 마다하지 않는다. 범죄는 인간이 집단을 이루면서부터 생겨난 사람과 떼려야 뗄 수 없는 군더더기 악이다. 사람들은 필요에 의해 사회를 형성하고 서로 도우며 살아가야 하는 나약한 존재이다. 죄는 그곳에서부터 싹트고 자라는 기생충이다. 유치장은 윤리와 도덕으로 해결되지 않을 때 사회규범을 만들어 놓고 이를 일탈하면 가두는 곳이지만 선량한 다수의 사람들은 어떻게 생긴 곳인지조차 모른다. 이곳에 많은 사람이 오지 않기를 기도하며 근무하는 사람들이 바로 경찰관이다.

세상에는 비우지 않아야 할 것들도 있다. 성서에 오른손이 하는 것을 왼손이 모르게 하라 하였고, 부처님도 음덕을 행함에 주저하지 않기를 설파했다. 비움도 곡간에 재물을 쌓듯이 쌓아가야만 한다. 그러나 각박한 세상 속에서 그리 녹록지 않은 것이 현실이기도 하다. 하지만 그것이 작고 얕은 것이라도 하나하나 채우면 채울수록 빛나는 것들이다.

생각이 잠시 외유를 하는 순간 환기되지 않은 공간, 유치장 특유의 키키한 냄새가 코끝을 스친다. 공방에서 공방까지 수개월 동안 이곳을 스쳐간 숱한 사람들의 냄새인가? 그들의 아픈 시간이 잔상으로 남아있기 때문일 게다. 그들은 지금 어디에서 무엇을 하며 살아갈까? 영어의 몸이 되어 삶을 포기하는 사람, 또 다시 세상을 떠들썩하게 이름을 남기고 왔던 길을 왕복하는 사람도 있다. 여기에 머물렀던 지난 시간이 약이 되어 선량으로 돌아가 새로운 삶을 시작하는 이도 있을 것이다. 이곳을 거쳐 간 모든 사람들이 다시는 이곳을 찾지 않기를 기도해 본다.

유치장과 세상은 하나이다. 단지 우리 인간이 규범을 만들고 그것을 벗어나면 이곳에 잠시 머물게 하는 것이다. 그 제약이 모든 사람들로부터 당연한 것이라는 믿음을 얻을 때 그것은 정당한 것이 되는 것이다. 이 또한 인간이 하는 것이기에 때로는 이야깃거리를 만들기도 한다. 경찰관은 유치장에 들어오는 사람을 이방인처럼 도외시하거나 특별한 사람으로 인식하는 선입견을 가지고 있지 않다. 똑같은 이웃이고 형제이며 시공을 같이한 동행자로 생각한다. 착한 자와 악한 자의 구분도 아니고 삶의 길에서 잠시 발을 헛디딘 경우로 알고 있다. 그리고 보면 유치장은 사람이 만나는 곳이고 머물다 헤어지는 곳이다. 새로운 마음으로 회개하고 기도하는 장소이며, 시작의 장이기도 하다. 열어 놓은 공방의 냄새가 서서히 사라지듯 이곳에 들어오는 사람들이 조금씩 줄어들길 소망해 본다.

구두 닦는 사람

그는 분명 구두 닦는 일을 천직으로 여기며 행복해하고 있다.
어떤 사람은 그를 불가촉천민으로 볼 것이고, 혹자는 그를 성골로 볼 것이다.
나는 그의 손놀림에서 퇴화된 닭의 한유보다 날 수 없는 무익조의 몸부림이
아름다움으로 비쳐지는 행복한 환영을 읽는다.

이마에 땀방울이 송글송글 맺혀있다. 오늘 아침 북쪽의 최저기온이 영하 14도나 되고 대구도 영하 10도에 가깝다는 예보였다. 서쪽으로 기우렸던 그림자가 짧아지니 그나마 움츠렸던 몸이 조금은 펴진다. 곤두박질하는 수은주에 구두닦이 아저씨는 북극 사람처럼 추위도 아랑곳하지 않고 즐거운 하루를 맞는다.

하얀 겨울 축복이 몇 번 내린 탓인지 신발에 흙이 묻고 더러워졌다. 눈이 내릴 때는 설국이 그렇게 좋을 수가 없었는데 눈이 녹으면서는 철벅거리는 불편한 선물을 안겨주곤 한다. 60년 만의 겨울 한파 때문인지 사무실에 신발 닦으러 오던 사람이 벌써 3주째 감감무소식이다. 오늘은 시간을 내어 신발을 닦는 곳으로

찾아 나섰다. 시청 건물 옆 한 평 남짓한 작은 골방이다. 추녀 끝에 매달린 고드름이 깊어 있는 겨울을 말해주고, 고드름 아래 낡은 유리창에는 '신발수선 구두닦음'이란 문구가 추위에 떨고 있는 듯하다.

사람을 평가할 때 신언서판身言書判이란 말이 있다. 먼저 사람의 외모를 보고 언어와 글씨를 보고 판단력을 보면, 대략 어떤 사람인지 알 수 있다는 것이다. 강산이 세 번이나 바뀌는 제복 공무원으로 근무해 오면서 용모 복장 단정이란 말을 숱하게 들어왔으며 지금도 듣고 있다. 단정의 의미 안에는 내면의 단정도 있겠지만 직장에서 요구하는 것은 사실 외면의 단정에 더 가깝다. 사람의 가장 높은 부분인 머리와 제일 아래인 신발이 깨끗하면 그 사람이 단정해 보인다, 이는 직업인으로 터득한 나름의 기준이다. 그래서 나는 흙이 묻거나 더러워진 신발은 그냥 신지 못하는 별스러움이 있다. 못생겼기에 외형이나마 단정히 해야 한다는 나름의 이유가 있지만, 신발이 깨끗하면 마음도 가벼워지는 일석이조의 기쁨 때문이다.

지구상의 생명체에는 행복 총량제가 존재한다. 감이나 사과도 여린 봄빛과 여름의 뙤약볕을 견디어야 가을의 달콤한 결실이 있다. 과일의 빛이 변하는 성숙이 있으려면 초록이 지쳐야 노랗고 빨간 과일이 달린다. 잎이 푸른 채로 열매가 익어가는 동시 성숙은 자연의 섭리에는 없다. 우리네 삶에도 행복하게만 살아가는 사람도 없고, 불행하게만 살아가는 사람 또한 없다. 기쁨과 슬픔도 아픔도 오롯이 내 삶의 범주 안에 일정량씩 나누어 담겨져 있다. 한비자에 '화와 복은 같은 문 안에 있다'는 화복동문禍福同門의 의미가 그런 것이 아닐까? 그러기에 슬픔과 아픔이 찾아와도 희망을 믿기에 견딜 수 있고, 기쁨이 오면 즐기되 방탕하지 않게 삶을 살아가는 것이리라. 골방 안에서 구두를 닦는 눈앞의 사람을 보면 다른 사람에게서 읽을 수 없는 행복에 묻혀 있다. 하는 일을 보아서는 행복이 어디 숨어있을 자리가 있겠는가마는 나 같은 소시민도 가슴으로 진한 행복의 냄새를 느끼게 한다. 옛말에 '세 사람만 있으면 거기에는 반드시 스승이 있다'고 했는데 단 한 사람만이 지금 내 앞에 있는데도 그는 산처럼 우뚝 선 스승으로 다가온다.

그는 농아자이다. 창틈으로 스미는 차가운 바람에도 아랑곳하지 않고, 구두 닦는 일에 빠져 있다. 겨울인데도 그의 이마에는 이슬 같은 땀방울이 맺혀있고, 광을 내는 손길에 힘이 실려 있다. 얼굴에 그려진 행복한 미소가 광이 서린 구두와 창문에 비쳐지며 어른거린다. 더러워진 신발을 닦는 작고 하찮은 일이지만 그는 분명 구두 닦는 일을 천직으로 여기며 행복해하고 있다. 어떤 사람은 그를 불가촉천민으로 볼 것이고, 혹자는 그를 성골로 볼 것이다. 나는 그의 손놀림에서 퇴화된 닭의 한유보다 날 수 없는 무익조의 몸부림이 아름다움으로 비쳐지는 행복한 환영을 읽는다.

행복은 많이 배우고 경제적으로 어려움이 없는 귀한 사람에게 만 있는 것이 아니었다. 비록 배움이 적고 살림살이가 넉넉지 않아도 자신이 하는 일을 천직으로 여기고 즐기며 살아가는 사람에게 더 진한 행복이 숨어 있음을 느낀다. 논어의 옹야편에 지지자불여호지자, 호지자불여낙지자知之者不如好之者, 好之者不如樂之者란 공자의 말씀이 생각난다. '아는 것은 좋아하는 것만 못하고, 좋아하는 것은 즐기는 것만 못하다'고 했는데 자신이 하는 일도 이와 다를 바 없을 것이다. 자신이 하는 일을 좋아서 하는 것보다 즐기며 하는 것이 격이 높은 직업관이리라. 그의 손길에서, 눈가의 엷은 미소에서 자신의 일을 즐기는 참 행복을 배운다. 나의 30년 넘은 직장 생활은 간이역을 스치는 기차처럼 언제 어떻게 지나왔는지 뒤돌아 볼 여유조차 없었다. 따뜻한 물에 몸이 담긴 채 자신도 모르게 삶겨져가는 개구리 같은 자신이 부끄럽다. 구두 닦는 손길 위로 너무나 작은 내 모습이 그려진다.

한줄기 찬바람이 시청의 회색 건물을 휘감고 한 평 구둣방을 흔들어 놓는다. 갑자기 아저씨는 닦던 손길을 멈추고 주머니에 손을 넣는다. 그의 손에는 휴대폰이 잡혀있고 메시지를 확인한다. 00과 000신발을 가져다 닦아 달라는 문자다. 잠시 그의 얼굴에 미소가 번진다. 소리를 들을 수 없으니 매너모드로 전환하여 세상과 소통한다. 그래도 그에게는 불편함이 없다. 작은 장애일 뿐이다. 디지털 시대에 그는 그렇게 뒤처지지 않고 자신을 맞추어 가며 하루하루를 살아가고 있다. 그의 손길이 구두 위를 스칠 때마다 윤기가 더해지고 작은 행복이 반들거린다. 나는 방금 닦은 내 구두의 광이 사라질 때까지라도 행복해 할 수 있을까?

다툼과 화해

물러섬이 다툼에서 이김이요, 화해의 손짓이다.
벽에 붙은 작은 표시등과 전기 코드에 붙은 작은 반딧불들이 모두가 맞다고
고개를 끄덕이면, 다툼과 화해로 이어진 초추의 깊은 밤은
조용히 화해의 나락으로 빠져 든다.

귀뚜라미 소리가 창가에 빗물처럼 부딪치는 초추의 밤이 깊어 간다. 부산을 떨던 하루가 어둠을 앞세워 익어 가면, 나의 안식처에도 전등 스위치가 하나둘 꺼지고 TV의 화면마저 눈을 감으면, 포근한 이불 속으로 남은 하루를 맡긴다. 까만 방안에 잠시 침묵이 흐르고 다시 눈을 돌리면 암흑 같던 사방에서 서서히 찾아오는 것들이 있다. 밝을 때에는 감히 자신을 드러내지 않던 또 다른 빛들이 다툼과 화해의 장을 연출한다.

밝은 불빛 아래서는 부끄러워 자신을 드러내지 않던 것들이다. 냉장고 문에도 온도를 알리는 빛이 있고, 공기청정기 표면에도 바람무늬의 파란 빛이 고개를 든다. 벽에 붙은 전기 스위치에

서도 주황색의 여린 빛이 존재를 알리고, 여러 개의 전기 코드에서도 작은 빛들이 반딧불처럼 자신의 모습을 조용히 알린다. 밝은 불이 꺼짐과 동시에 작은 표시등은 터널 같은 긴 밤을 준비하는 새로운 시작이다. 그 순간들은 불식간에 이루어지지만 가만히 보면 이는 다툼과 화해가 만들어낸 전리품이다. 오늘 하루도 다툼과 화해가 씨줄과 날줄이 되어 시간을 엮어간다.

밤이면 어둠과 별빛이 힘겨루기를 한다. 그러나 다툼이 피투성이 난장판이지 않고 고함도 없는 가슴으로의 싸움이다. 시간이 지나면 어둠이 별에게서 한걸음 물러선다. 아름다운 양보가 밤하늘을 더 찬란하게 만들어 준다. 그리고는 어깨동무를 한 채 긴 밤을 함께한다. 별은 어두움에 감사해하고 어둠은 별빛으로 더 영롱하다.

하루 중 가장 어두울 때는 한밤이 아닌 여명 전이다. 여명이 막 지나면 또 다른 싸움판이 이어진다. 그것은 별빛과 태양의 한판 겨루기이다. 별빛이 아쉬운 버티기를 하면 태양은 바닷속에서 때로는 산 위에서부터 은근히 붉은 힘을 과시한다. 바로 빛의 다툼이 시작된다. 기싸움을 하다가 별빛이 고이 뒷걸음을 하면 태양은 승리감에 도취되어 황금 얼굴에 승리의 미소를 머금고 찬란한 아침을 열어준다. 그러나 물러난 별은 패배에 애석해하지 않는 너그러움이 있다. 기러기 날갯짓의 의미를 알고 있듯이 홀연히 사라져 간다. 태양 또한 승리의 교만함은 없고 따스한 가슴만 있을 뿐이다.

눈 감으면 바다와 땅의 싸움도 보인다. 땅이 꿋꿋이 장승처럼 버틴다. 그러면 바다는 치근되며 한시도 그냥 있지 않는다. 파도를 앞세워 시비를 걸어오고, 뜻대로 되지 않으면 바람의 힘을 빌린다. 산더미 같은 물기둥으로 옆구리를 치기도 하고, 고래고래 고함을 지르기도 한다. 그래도 땅이 꿈쩍하지 않으면, 다시 달래기도 한다. 그러다가 시간이 지나면 파도는 물러서는 관용의 미덕을 잊지 않고 실천한다. 그런 한판의 혈투가 끝나면 서로의 손과 얼굴을 만지고 언제 그랬느냐는 듯 서로를 위로하며 흥얼거린다. 그리고는 자신들을 있게 한 하늘과 바람과 소리에 감사해하며 화해의 품속에 젖어든다.

손무가 지은 중국의 병법서에 잘 싸우는 것 중의 한 가지로 36계가 있다. 즉 부딪히지 않고 도망치는 것이 좋은 병법 중에 하나이다. 또 싸움에 '지피지기면 백전백승'이리라 했던가. 나를 알고 상대를 알면 백 번 싸워도 모두 이길 수 있다는 것이다. 이런 것을 보면 선각자들은 하늘과 별빛, 어둠으로부터 이미 배워 알고 있었나 보다. 자연의 다툼은 피를 부르는 처참함이 있으면서도 부드럽다. 그리고 승부에 연연하지 않는다. 더 중요한 것은 승자나 패자나 결과보다는 과정에 만족해하는 것이다. 또한 그들은 태고 적부터 다툼과 화해의 아름다운 여정을 실천해 오고 있다. 아둔한 나만이 다툼만 알고 화해를 실천하지 못하고 있는 것이다.

언제인가 딸 문제로 아내와 언성을 높였던 일이 불현듯 스친다. 내 생각과 일치하지 않는 것이 바로 다툼의 시작이고, 아내역시 자기의 주장과 같지 않다는 것이 주요 원인이다. 그런데 싸움이 끝나고 나면 눈빛이 다르고 말수가 적어지면서 화해의 그림자를 찾을 수가 없었다. 그때는 한 가지 해결 방법이 있었다. 신의 힘을 빌리는 것이다. 바로 시간 속에 숨어있는 망각의 기능을 이용하는 것이 최고의 화해 방법이었다. 그때를 뒤돌아보면 양자는 한 치의 물러섬이 없다. 예나 지금이나 똑같은 하늘과 땅, 그리고 바람이 가까이에서 손잡는 화해의 방법을 가르쳐 주었건만 늘 두 손을 움켜쥐고 있어 받아들이지 못하는 속 좁은 내가 늘 거기 서 있곤 했었다.

이런 외형적이 다툼이 있는가 하면, 때로는 그보다도 훨씬 거대한 내 안에서의 싸움이 더 무섭게 다가선다. 선과 악의 다툼이 있고, 좌와 우의 싸움이 있기도 하다. 무엇을 하든 쉽게 결정할 때가 드물었다. 머리와 가슴 그리고 지행 간의 싸움들이 가을날의 낙엽마냥 주위에 어지럽게 흩어져 있다가 선택이란 화해의 손길로 평온을 찾곤 했었다.

야고보서에서는 다툼의 원인을 '너희 지체 중에서 싸우는 정욕'이라고 한다. 내 안에 있는 욕망으로 인해 다툼이 일어난다는 것이다. 다툼의 원인이 그럴진대 나는 자신을 둘러싸고 있는 밖에서 그 원인을 찾는 우를 범하고 있다. 그 원인의 대상은 친구이고, 자식이며 아내이다. 그것은 나를 놓지 않고 붙잡고 있음에서 기인된다. 나를 내려놓으면 다툼은 마치 손에 움켜진 물 같은 것일 뿐임에도.

녹향이 물러가는 세상의 언덕에는 옅은 가을빛이 찾아든다. 그 밤하늘의 맑음은 어느 누구에게는 있으나 나만이 그 하늘을 담을 수 있는 그릇이 작을 뿐이다. 추계秋溪의 맑은 물소리를 들을 수 있는 가슴만 있다면 그곳에는 다툼이 없고 승리도 없다. 모두가 하나인 화해의 하늘만 있거늘! 불 꺼진 방안의 어둠이 나직이 속삭인다. '물러섬이 다툼에서 이김이요, 화해의 손짓이다.' 벽에 붙은 작은 표시등과 전기 코드에 붙은 작은 반딧불들이 모두가 맞다고 고개를 끄덕이면, 다툼과 화해로 이어진 초추의 깊은 밤은 조용히 화해의 나락으로 빠져 든다.

블랙박스

인간은 한 편의 인생 드라마를 위해 주연, 조연, 제작을 혼자서 감내해야 하는 숙명의 길을 간다. 그리고 시간이 지나면 예외 없이 관객들로부터 평가를 받는다. 후세의 관객들은 어떻게 보아줄 것인지, 하루하루 삶에 정성을 다하고, 어려운 사람을 남모르게 돕는 음덕을 쌓으며 살아야 할 이유이리라.

'참 세상 좋다.' 누군가가 등뒤에서 하는 소리다. 옆에서는 또 다른 일성을 덧칠한다. '좋은 세상이 아니고 큰일 날 세상이구만', 두 사람의 이야기 중 어느 것이 맞고 틀린지는 쉽게 판단되지 않는다. 둘 다 맞는 얘기 같기도 하고, 모두 틀린 이야기 같기도 하다. 며칠 전 차량에 부착하는 블랙박스을 구입하여 장착하였다. 오늘 출근길에 녹화된 영상을 컴퓨터를 통해 확인하면서 벌어지는 이야기다. 현대문명이 만들어낸 다큐멘터리로 HD급 화질이 꼭 극장에 앉아 영화를 보는 듯하다.

갑자기 일상 속에서 자신도 모르게 흔적을 남기는 것이 얼마나 되는지 궁금해진다. 어릴 적 명절에 누구로부터 세뱃돈을 얼마나 받을까 손가락으로 셈을 하듯 헤아려 본다. 아침에 출근하기 위해 엘리베이터와 현관문에서, 그리고 출근길 운전 중에 예고 없이 CCTV에 찍힌다. 사무실에 들러서면서 지문을 찍어야 하고 시곗바늘이 돌아갈 때마다 어딘가에 흔적을 남겨야 한다. 출근길이 이러하니 하루 몇 번인지도 모르게 흔적을 남기는 세상을 살아가고 있다.

블랙박스의 재생된 화면 속으로 지난 시간이 흑백 영화처럼 펼쳐진다. 유년시절 건너 마을에는 감나무가 유독 많았다. 무서리 내릴 때가 되면 친구들과 늦은 밤까지 풀숲을 헤치면서 홍시를 주우러 다녔다. 그때는 그것이 유일한 군것질이고 별미였으며 하나의 놀이이기도 했다. 터지지 않는 것은 보자기에 담고 터진 것은 그 자리에서 먹어치웠다. 정신없이 홍시를 줍고서 집에 돌아오면 양손에는 시커먼 감의 흔적이 있었다. 아무리 씻어도 잘 지워지지 않아 돌과 수세미로 감물을 지우려고 손바닥이 아프게 씻었던 기억이 아슴푸레하다. 그러나 시커멓던 손바닥도 시간이 지나면 시나브로 깨끗해져 흔적이 없어졌지만, 그 추억은 지금도 지워지지 않은 채 가슴 갈피에 남아 있다.

흔적은 시간을 제쳐두고는 홀로설 수 없는 필연의 관계이다. 시간의 의미는 무엇일까? 누가 만들었는지도 알 수 없고, 언제 시작되어 언제 끝나는지도 알 수 없다. 세상 속의 시간은 당겨지지도, 늦춰지지도 않으며 되돌릴 수도 없다. 하지만 마음 안의 시간은 때로는 일요일의 하늘처럼 여유로울 때도 있다. 똑같은 시간이지만 양면성을 지녔다. 찰나처럼 스쳐가는 시간이 있고. 거북이처럼 여유로운 시간도 있다. 단지 그 시간을 어떻게 맞이하고 간직해 갈 것인가? 그것은 개인의 몫이지만 우둔한 나는 지금 블랙박스를 보고서야 지난 시간과 의미를 반추하고 있다.

과거의 시간은 변하지 않는 금덩이다. 더러워진 몸은 씻으면 되지만, 시간의 흔적은 씻겨지지도 않고, 먼지처럼 털어지지도 않으며, 지우개로 지워지지도 않는다. 시장이나 백화점에서 물건을 사듯 이것저것 골라본 후 마음에 드는 것만 골라 담을 수 있는 것도 아니다. 지나온 길이 블랙박스에 저장되듯 지난 시간은 무조건 저장해야 한다. 그 안에는 가슴 아픈 일도 담아야 하고, 남이 보면 웃음인지 눈물인지 모를 만큼의 행복했던 순간들도 담겨진다. 그리고 어느 날 생각이 나면 슬며시 끄집어내어 회상할 수 있다. 이것은 신이 허락한 소중한 축복이 아닐까? 나쁜 것은 담지 않고 좋은 것만 골라 담고 싶은 것이 인간인데, 지난 시간은 금덩이의 성질처럼 바꾸어지지 않는다.

블랙박스는 반성문이다. 유년 시절 친구와 싸우고 선생님께 발각되어 눈물을 흘리며 반성문을 제출하고, 그 후로는 친구와 정답게 지냈던 수채화 같은 추억이 있다. 블랙박스는 저장된 자신의 길을 뒤돌아보고, 참 좋은 세상을 살았든, 큰일 날 세상 속을 지나왔든 잘못된 것은 반성하며 살라는 것이다. 이는 인간이 만든 기계가 인간에게 주는 무언의 교시이다.

시공을 같이해도 어떤 이는 많은 것을 보고 듣고 느끼지만, 그렇지 못한 사람도 있다. 블랙박스는 렌즈 앞에 펼쳐지는 세상의 모든 것들을 담아낸다. 같은 길을 왔으나 나의 눈에 비춰진 세상은 너무나 단편적이고, 생각의 틀 또한 좁다. 편협된 사고, 깊지 못한 가치관, 자기만의 아집에서 벗어나지 못하는 열등생의 길을 걷고 있는 나를 보고 블랙박스가 두 눈을 찡그리며 너만 알라고 눈짓을 보내온다.

눈 뜨면서부터 잠드는 시간까지 자신에게 주어진 시간이 영화같이 모두 담겨진다면 어떻게 살아갈까? 인간은 한 편의 인생 드라마를 위해 주연 조연 제작을 혼자서 감내해야 하는 숙명의 길을 간다. 그리고 시간이 지나면 예외 없이 관객들로부터 평가를 받는다. 후세의 관객들은 어떻게 보아줄 것인지, 하루하루 삶에 정성을 다하고, 어려운 사람을 남모르게 돕는 음덕을 쌓으며 살아야 할 이유이리라. 인간이 만든 기계가 인간에게 눈뜨는 것

에 감사해하고 과거를 살피면서 오늘을 즐겁게, 내일은 희망차
게 살라는 묵시적인 교훈을 오늘도 쉼 없이 담아낸다.

유리창

차가운 바람을 차단하기도 하고
무더운 열기의 접근을 허락하지 않는 최 일선의 초병이다.
한편 따뜻한 햇빛에게는 맑은 가슴을 열고
아무런 조건 없이 통과시키는 혜량함을 가졌다.

겨울의 끝자락에 눈비가 섞여 아파트 베란다 창가로 뿌려진다. 창밖의 세상은 하늘을 이고선 뿌연 산자락이 한폭의 풍경이 되고, 가까이 산 아래는 나목이 시린 바람에 몸을 떤다. 아파트 베란다의 창문 밖은 추위에 떠는 겨울이고, 창 안은 계절과는 다르게 포근한 졸음에 잠겨있다. 그 중심에 세상과 소통하는 유리창이 있다.

유리창은 안과 밖을 가르는 벽이 될 때도 있고, 벽이면서 벽이 아닌 무량한 가슴을 가질 때도 있다. 차가운 바람을 차단하기도 하고 무더운 열기의 접근을 허락하지 않는 최 일선의 초병이다. 한편 따뜻한 햇볕에게는 맑은 가슴을 열고 아무런 조건 없이 통과시키는 혜량함을 가졌다. 밖의 풍경은 안으로, 안의 모습은 밖으로 여과 없이 보여주는 깊은 마음은 누구를 닮았을까? 인연 따라 보여주고, 인연 따라 끌어안는 부처님의 마음을 닮은 것이리라.

이런 유리창이 더러워지면 유리창 본래의 기능이 상실된다. 그 더러움에는 여러 가지 이유가 있다. 세상의 먼지도 있고 세월의 때도 있다. 사람의 유리창은 무엇일까? 가만히 생각해 보면 우리 몸에도 유리창이 있다. 바로 눈[目]이 아닐까? 세상의 모든 것은 눈을 통해야만 인지된다. 내 몸의 유리창은 제 기능을 다하는지 갑자기 궁금해졌다. 눈을 껌벅거려 본다. 조리개는 정상 작동 되는 것 같다. 하지만 그 성능은 예전만 같지 않다. 줌의 기능이 정상이지 않다. 가까이에서 멀리를 보면 원거리의 물체가 근방 또렷하게 망막에 그려져야 하나 그렇지 못하다. 그리고 멀리에서 가까이 시선을 당기면 렌즈가 빠르게 초점을 맞춰야 하는데 느리고 뚜렷하지도 않다. 지난 시간의 흔적이기에 어쩔 수 없는 것인가. 비전 상실 신드롬에 빠져 스멀스멀 아쉬움이 피어난다. 이는 불편함이 될 수도 있지만 포도주가 익어가듯 숙성의 과정이라 생각하면 이 또한 견딜 만한 것이다. 따뜻함이 부족하고 마음이 얕은 나의 심성에 그것은 삶의 한 과정이고 넘어야 할 길이라고 느끼기까지 많은 시간이 필요했다.

타임머신을 타고 내 유년의 기억을 더듬어 본다. 그 시절 내 주변에는 유리창이 귀했다. 제일 많이 보는 곳은 초등학교였다. 학교에는 송판에 검은 콜타르를 칠한 교실 밖 벽면과 하얀 회칠을 한 교실 안을 연결해주던 작고 낡은 유리창이 있었다. 동네에는 옹기종기 어깨를 맞댄 초가집이 전부였기에 유리창이 있는 건물이 있을 수 없었다. 관공서 건물이 있는 면소재지를 가야만 유리창이 있는 건물을 볼 수 있을 뿐이었다. 초가집에는 유리창이 없지만 아련한 유리의 추억이 있었다. 추위가 찾아오기 전 햇빛이 따사로운 날 집 안의 문짝을 모두 떼어 양지바른 곳에 펼쳐 놓고 뽀얀 한지로 문 단장을 했었다. 문을 바르는 것은 한 해 겨울 준비의 소중한 과정이다. 창호지를 바를 때 문고리 옆에 손바닥만 한 투명 유리를 붙이고, 그 옆에 은행잎이나 예쁜 국화잎을 붙여 새 단장을 했던 기억이 아스라하다. 문풍지 우는 겨울이 바람을 앞세워 찾아오면 할머니는 늘 사랑채 아랫목에 담요를 깔고 화롯불을 다져가며 엄동설한을 지내셨다. 그때 이웃이 할머니를 찾아올 때에는 싸리문 입구에서 헛기침을 한다. 집주인에게 누가 왔다는 알림이다. 인기척을 들으신 할머니께서는 예의 문고리 옆에 붙은 작은 유리를 통해 밖을 확인하셨고, 찾아온 사람도 방안의 어른거리는 그림자로 할머니가 계신다는 것을 아는 소통의 길목, 그 속에 유리가 있었다.

유리창을 통해 얻는 교훈이 있다. 유리창이 더러워지면 닦거나 교체가 가능하다. 하지만 신체의 유리창인 눈의 기능이 약해지면 그보다 더 큰 대가를 치러야 한다. 쉽게 교체할 수도 없다. 안경을 끼거나 수술을 해야 하는 불편함과 아픔을 겪어야 한다. 안타까운 것은 그보다 더 소중한 마음의 유리창은 더러워지거나 못쓰게 되어도 크게 아픔이나 불편함을 느끼지 못하고 있다는 사실이다. 유기체인 유리창이나 신체의 유리창이 더러워지거나 기능을 상실한 것보다 더 깊은 아픔이지만 세파에 찌든 정신이 이를 감지하지 못함이 더 큰 서글픔으로 다가온다. 더러워지고 때문은 내 마음의 유리창을 위해 무엇을 어떻게 해야 할 것인가? 번민에 빠져있는 범부의 아둔함이 힘겨울 뿐이다. 코 위에 걸린 돋보기가 자꾸 내려온다. 신체의 창문인 눈의 기능이 정상이 아니면 안경을 통해 맞추어 가듯이 고귀한 마음의 유리창도 소홀히 두지 말라는 순간순간의 경고인가? 아파트 베란다 유리창을 스치던 눈비가 갑자기 백설이 되어 뿌려진다. 마음도 순간순간 흐려지니 깨끗이 하라는 귀한 자연의 가르침이리라.

어느 아침 날의 모정

나는 부모님께 전화하던 직원을 멍하니 바라보며,
어머니의 안부가 한없이 궁금해진다. 따르릉 따르릉 요란한 전화벨 소리에
번뜩 정신을 차리니, 어느 날 갑자기 신 내린 사람처럼
나도 모르게 내 책상 위의 전화기만 만지작거리고 있다.

경인년 연말이 유난히 많은 이야깃거리를 남긴 채 노을에 젖고 있다. 그 색깔이 이야기만큼이나 고색창연하다. 올해는 예년에 없던 눈 소식이 잦다. 무엇 때문인지 모르겠다. 슈퍼컴퓨터가 하늘을 손금 보듯이 살피고 있다는데 기상청 예보는 오르막인지 내리막인지를 감지하는 능력이 내구연한을 다한 자동차 브레이크 같다. 아마 그것도 짓궂은 날씨 때문이겠지, 하늘의 깊은 속내를 알 수 없는 세밑 하루 전 아침이다.

나도 아빠처럼 아침형 인간이 되어야겠다는 늦잠박이 딸의 말에 아빠는 아침형 인간이 아니고 새벽형 인간이라고 말하곤 했었다. 사실 나는 새벽형 인간이 된 지가 20여 년이나 된다. 그 영

향은 내실 아내에게서 전염된 바이러스 때문이다. 아내는 4시면 일어나 부엌에서 어제의 방전된 에너지를 충전하기 시작한다. 그 덕에 나는 6시면 사무실 문을 여는 것이 버릇 같은 일과의 시작이다. 500여 명의 직원 중에 출근은 항상 1등이다. 오늘도 어제같이 출근해서 기본적인 일을 챙기고 1시간쯤은 아무에게도 방해받지 않는 나만의 짧은 행복에 젖는다. 그것은 잠시 책 속에 묻히는 것인데 막 책장을 여는 순간 평소보다 이르게 직원들이 출근을 시작한다. 오늘 따라 이른 출근은 눈이 내릴 거라는 예보 때문인 것 같다. "계장님 일찍 오셨네요. 하늘이 막 눈을 뿌릴 것 같습니다."라고 인사를 하면서 자리에 앉는다. 나도 좋은 아침이라고 말〔言〕 인사를 하고는 창밖으로 시선을 돌리며 눈〔目〕 인사까지 보태어 화답했다. 눈길 닿은 창밖에는 몇 년을 그렇게 움츠리고 서 있었는지 알 수 없는 히말라야시다 어깨 위로 눈구름이 자욱이 내려앉는다.

의자를 당겨 앉던 C직원은 수화기를 들고 번호를 누르기 시작했다. 삑삑 하는 그 소리가 무척 가볍게 들린다. 그리고는 저쪽에는 부모님이 전화를 받는 모양이다. C직원은 어린아이같이 보고픔이 묻어나는 소리로 "엄마 자알 계시는가?" 그 다정한 목소리는 전화선을 타고 부모님 계시는 고향집에 막 도착하여 섶 문을 밀고 들어서고 있다. 아들의 갑작스런 귀향에 등 굽은 노모는 몇 년 만에 자식을 맞이하는 양 얼굴에 주름살이 피어나고 젖은 손을 앞치마에 훔치며 문지방을 내려서는 듯하다. C직원의 부모님이 계신 곳은 문경 하고도 산촌인 산북의 깊은 산자락이다. 어저께 일기예보는 전국에 많은 눈이 내렸다고 한다. 특히, 서해안을 접한 충북과 경북의 북부 산간 지방에는 많게는 15㎝까지 눈이 내리고 연이어 전국적으로 눈이 내릴 거라는 예보였다. C직원은 아침에 일찍 출근하여 부모님이 계신 고향에 눈 소식이 궁금했고 하늘을 핑계 삼아 부모님의 안부를 묻는 것이다. 거기에는 밤사이 많은 눈이 내려 산과 내가 구분이 되지 않을 만큼이라고 한다. 전화선을 통해 들리는 이야기이지만 눈으로 보지 않아도 느껴질 수 있는 하얀 눈 세상이 보인다. 문 밖 출입이 어려워 집에 갇혀 꼼짝도 못한다는 것이 눈 소식의 백미다.

옆의 직원 B도 어릴 적 아이로 돌아간 듯 부모님이 계시는 고향으로 안부를 여쭙는다. 두 사람의 통화 내용은 잘 확인되지 않지만 이쪽의 소리로 보아 부모는 너희들 몸은 건강한가? 고뿔(감기)은 떨어졌는가? 손주들은 잘 있지? 객지에서 몸조심하거라, 이런 내용이다. 그리고 자식은 밥 많이 드시고 내 걱정은 하지 마시고 가까운 시간에 한번 들리겠다는 것이다. 그리고 먹고 싶은 것 있으면 아끼지 말고 사서 드시고 건강을 잘 챙기라는 것이 아침 인사의 핵이다.

나도 3년 전 고향 안동에 어머니가 살아 계실 때에는 그래도 한 달에 두어 번, 아내와 시간을 내어 찾았다. 그리고 가지 못하는 주간에는 게으른 인간에게 문명이 선물한 전화기를 통해 안부를 묻곤 했다. 그때 전화를 걸면 시간이 빚어낸 빛바랜 유성기 소리 같은 어머니의 음성이 들린다. 그리고 아들임을 확인하고는 갑자기 목소리에 힘이 실린다. 그때 나의 일성은 벽돌이 공장에서 한 치의 오차 없이 박혀 나오듯 정해져 있었다. "어무이 별일 업써요?"(어머니 별일 없으시죠)였다. 그러면 어머니는 시간이 뿌려낸 까만 흔적으로 청력이 약하였으나 자식의 목소리는 본능적으로 알아듣고 "지애비가?"로 대화를 시작했다. 내가 안부를 묻기 전에 아들의 얘기는 듣고 싶은 먼 나라 이야기지만 듣지 않고서도 모두 알고 계신 듯 손주와 아내의 안부만을 반복하여 확인하시곤 했었다. 그때 어머니는 만능박사이셨고 슈퍼맨이었다. 글자도 제대로 못 읽으셨는데 당신의 능력은 아무리 소수점이 많은 고급 계산기로 셈을 해도 얻을 수 없는 답을 단번에 가슴으로 알아내셨다. 그 답은 해가 뜨고 지기를 일천 번이 넘게 지나서도 알 수 없는 수수께끼로 내 가슴에 남아 있다. 그래서인지 오늘 따라 C·B직원이 멀리 산골에 계시는 부모님께 여쭙는 안부 전화가 한없이 행복해 보이고 다정다감하게 가슴에 와 닿는다.

아버지가 세상을 하직하신 지 8년, 어머니가 내 곁을 떠난 지도 3년이란 시간이 유성같이 흘러갔다. 어느 정지된 세월의 시간 앞에 서면 나도 살아야 할 시간보다 살아온 시간이 훨씬 많았음이 꿈속같이 느껴지는 아침이다. 지금 시골의 어머니는 하늘에 계시지만 혹여 전화를 하면 지난날의 그 초능력을 발휘하여 전화를 받으실 것 같은, 막연하지만 아련한 느낌이 온다. 전화를 한 통화 해야겠다. "어무이 별일 업써요?" 그러면 어머니는 단번에 자식 목소리를 알아들으시고 예전처럼 "지애비가?"로 화답하실 것이다. 어머니는 밭일을 할 때에도 어린자식을 집에 혼자 둘 수 없어 포대를 밭둑 가장자리에 깔고 혼자 놀게 하였다. 긴 이랑을 매실 때 눈으로 보이는 풀을 뽑는 것보다, 보지 않고도 아들의 행동을 꿰뚫던 능력이 있었다. 그 초능력으로 그리움이 흠뻑 담긴 어머니만의 다정한 목소리를 들려주실 것만 같은 아침이다. 고개를 돌리니 창밖에는 회색 도시의 파수꾼 히말라야시다 위로 무심히 흐르는 시간을 덮으려는 듯 하늘에서 함박눈이 뿌려지기 시작한다. 나는 부모님께 전화하던 직원을 멍하니 바라보며 내 어머님의 안부가 한없이 궁금하다. 따르릉 따르릉 요란한 전화벨 소리에 번뜩 정신을 차리니, 어느 날 갑자기 신내린 사람처럼 나도 모르게 내 책상 위의 전화기만 만지작거리고 있다.